世界之謎 科幻小說系列 **2**

激戰木乃伊

山邊出版社有限公司

引子

相傳，在古代世界裏有七大奇跡，它們是：巴比倫的空中花園、奧林匹亞的宙斯雕像、以弗所的阿提密斯神廟、毛索羅斯王陵墓、羅得島巨像、亞歷山大灣內法羅斯島上的燈塔和埃及的金字塔。如今，前六種奇跡都消失了，只有最古老的金字塔得以倖存。

金字塔是世界上最容易辨認、千百年來最令世人着迷和讚歎的建築羣。人們對它的敬畏是理所當然。最大的胡夫金字塔高146米，由230萬塊巨石建成，幾乎重達700萬噸。這個巨大建築是在沒有任何現代機械的條件下完成的。儘管如此，胡夫金字塔卻建造得異常精確，就是在現代技術條件下都難以做到。

至今沒有人能確切地知道為什麼要建造金字塔。大家都認為這是法老的陵墓，但奇怪的是人們從來沒有在金字塔內發現過法老的屍體，即使是那些沒有被盜墓者光顧過的金字塔，巨大的石棺內也是空空如也。

關於金字塔的奇特之處，還有種種的傳聞：

▲基沙上所有金字塔的四個斜面都分別正對着地球上東、南、西、北四個方向。

▲通過胡夫金字塔的經線把地球分成東、西兩個半球，它們的陸地面積是相等的。此外，這條經線是地球所有經線當中經過陸地長度最長的一條。

▲ 金字塔塔高乘以10億等於地球到太陽的距離，即約1.5億公里。

▲ 金字塔本身重量乘以10的15次方，等於地球的重量。

▲ 金字塔的周長除以2倍的塔高，等於圓周率。

▲ 金字塔的緯度為29°58′51″，與貫穿四大文明古國的北緯30°線，只有極少的誤差。而北緯30°是著名的「神秘線」，所經過的附近區域都發生過許多神秘詭異現象。

▲ 20世紀40年代的一位叫布菲的法國科學家在考察胡夫金字塔時，找到一些乾癟的動物屍體，他發現這些動物是自己跑進去的，雖然死了很久，卻不腐爛發臭。

……

數千年來，金字塔雄偉而神秘地聳立着，保守着自己的秘密。

埃及人建造金字塔的真正原因是什麼？

金字塔到底是如何建成的？

在金字塔隱蔽的墓室裏埋葬着什麼？

4,500年以來那裏究竟隱藏着什麼令人敬畏的秘密？

金字塔與浩瀚的宇宙又有什麼微妙的關係？

讓我們隨着「校園三劍客」的腳步，一起到神秘的金字塔中去探險吧。

目錄

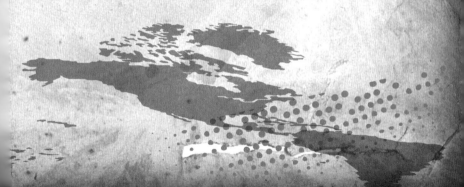

序章

是什麼動物
清晨四條腿
正午兩條腿
晚上三條腿
▲
《斯芬克斯之謎》

　　黑暗的墓地，冷氣在周圍的空間瀰漫。

　　中學生張小開彷彿看到冷空氣分子一個一個地穿過衣服，透過皮膚細胞之間的空隙侵入骨髓，凍住了他的血液，使他渾身硬邦邦的——他確實已經緊張到了極點。

　　他小心翼翼地沿着台階向下走：一切都安靜得異乎尋常，沒有什麼聲音。然而這卻使他心中的不安全感逐倍遞增，他甚至覺得他的四周到處潛伏着怪獸，隨時可能從哪兒鑽出來撲向他。

　　他使勁轉了轉因為害怕而變得僵硬的脖子，然後睜大眼睛四處看。他的眼中仍是一片黑暗，不是平時看到的那種矇矓的黑暗，而像是平時閉上眼睛，什麼也看不

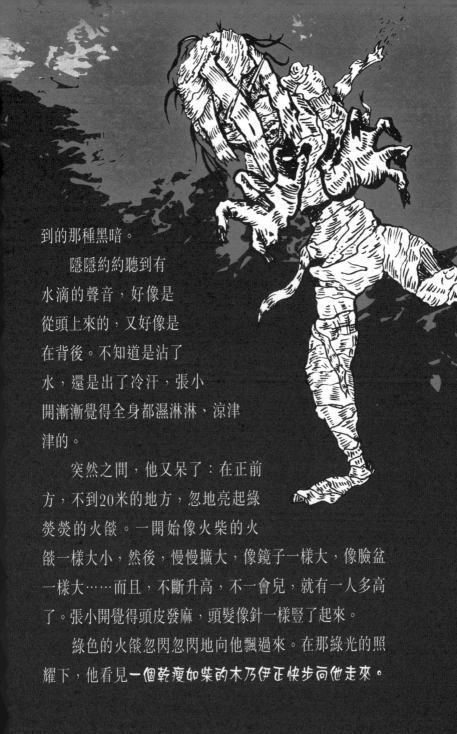

到的那種黑暗。

　　隱隱約約聽到有
水滴的聲音，好像是
從頭上來的，又好像是
在背後。不知道是沾了
水，還是出了冷汗，張小
開漸漸覺得全身都濕淋淋、涼津
津的。

　　突然之間，他又呆了：在正前
方，不到20米的地方，忽地亮起綠
熒熒的火燄。一開始像火柴的火
燄一樣大小，然後，慢慢擴大，像鏡子一樣大，像臉盆
一樣大……而且，不斷升高，不一會兒，就有一人多高
了。張小開覺得頭皮發麻，頭髮像針一樣豎了起來。

　　綠色的火燄忽閃忽閃地向他飄過來。在那綠光的照
耀下，他看見**一個乾瘦如柴的木乃伊正快步向他走來。**

木乃伊的臉色慘白，在綠光的映照下顯得更加猙獰。它那深陷的眼窩裏不知道有沒有眼珠，但的確放着藍幽幽的光。它筆直伸出的兩隻手是死亡之手，上面布滿了乾枯的皺褶。

木乃伊一步一步靠近，驚恐萬狀的張小開腳後跟不小心被石頭絆了一下，往後一仰，跌倒在地上。他已沒有力氣站起來，只能坐着，手撐着地，一寸一寸地後退。木乃伊面無表情地逼近，兩隻乾枯的手離他的脖子越來越近，張小開甚至聞到了它身上的腐爛氣息。

張小開想動、想逃，然而身體卻僵硬得像石頭。

木乃伊那灰黑的、沒有唇的嘴咧了開來，發出一聲沉悶的聲響。它彎下腰，伸出粗糙的雙手，又準又狠地扼住了張小開的咽喉。

張小開彷彿聽到自己骨頭發出折斷的響聲。他的呼吸變得越來越困難，再加上緊張，越來越喘不過氣來。他拚命地推開木乃伊那僵硬、冰冷的手，拚命地掙扎，踢它。可是，木乃伊的手還是越扼越緊。

他張開嘴，想喊，想叫。

然而，木乃伊的這一下鎖喉卻是致命的！

第一章　神秘客的新任務

「**救**命——」

張小開終於叫出聲來，「騰」地一下從牀上坐起來。

黑暗的墓地、綠熒熒的鬼火、乾枯的木乃伊……一下子全都消失了，清晨的陽光從窗外潑灑進來，微風輕輕地撥弄着窗簾，帶來春天芬芳怡人的花香。

一切，原來是一場夢。

張小開長吁一口氣。

「小開，你夢見什麼了？看你的表情，都嚇壞了。」一個英俊少年坐在牀上，一臉壞笑地望着張小開。他是張小開的好朋友楊歌。剛才，是他和張小開開玩笑，用兩隻手輕輕地卡住了張小開的脖子。

「可惡，你差點把我嚇死了！」張小開見楊歌做着卡脖子的動作，生氣地説。

「小開，楊歌是和你開玩笑的，別生氣。快告訴我

們，你夢到什麼了？」站在一邊的一個穿着白裙子的女孩説道。她也是張小開的好朋友，名叫白雪。

「我夢見自己進入了金字塔，法老復活了，還掐住了我的脖子，好恐怖呀！」張小開心有餘悸地説。他這才發現自己渾身濕淋淋的，被汗浸透了。

「是看了《盜墓迷城》才會做這樣的惡夢吧？」楊歌拿起桌上一張DVD影碟笑着説。《盜墓迷城》是上世紀末美國拍的一部以木乃伊為題材的科幻恐怖電影。

「可能吧，以後睡覺前再也不看恐怖片了。」張小開擦了一把汗説道，「咦，好不容易有了個星期天，你們兩位不在家睡懶覺，一大早來我家幹什麼？」

這時是早晨7點15分。

「我倆都接到了一個同樣內容的電子郵件……」楊歌和白雪異口同聲地説。

「是神秘客發來的嗎？」張小開一下從牀上跳到地上，也不顧身上只穿着短褲，就跑向電腦，按下了電腦的開關。

「真是個『電腦狂』，一聽説電子郵件什麼的，就什麼都不管了。」楊歌奚落道。

　　楊歌、白雪和張小開是陽光中學中一學生，他們從小一起長大，形影不離，曾經出生入死地偵破過許多神秘事件，被人們稱為「校園三劍客」。不久前，他們接到過一封神秘的電子郵件。發電子郵件的人自稱是「神秘客」，他說他一直在尋找既有想像力和創造力，又有勇氣的少年去考察世界之謎。「神秘客」向他們許諾會無價地為他們提供全部的活動經費、辦理出國手續、提供最先進的科學儀器和設備，只要他們需要，甚至可以調動直升機、潛艇、航空母艦……「神秘客」給他們委派的第一個專案是調查「百慕達三角區」之謎，他們果然十分出色地完成了任務。「神秘客」再次來信，張小開猜測可能又有新的任務了，因此格外興奮。

　　果然，當張小開打開電腦Outlook的時候，他看到的新郵件沒有令他失望：

校園三劍客：

　　你們好！

　　感謝你們成功地破解了「百慕達三角區」之謎。現在我派給你們新的任務——請你們馬上到埃及金字塔去探險，揭開金字塔的神秘面紗。

　　今天九時飛往開羅的機票已經訂好，馬上就有人給你們送來。

　　當然，你們肯定還會遇到各種難以想像的困難，甚至生命危險，但只要保持自信、沉着、機智和勇敢，你們一定會再次成功的！我相信。

　　等候你們的好消息。

神秘客

雖然「校園三劍客」至今不知道「神秘客」究竟是誰，是一個人還是一個組織？他（他們）在什麼地方？為什麼要派他們去破解世界之謎？為什麼有如此大的能耐？⋯⋯但是，新的任務卻令他們熱血沸騰，躍躍欲試。

「金字塔，哈哈，我早就想去啦！」張小開興奮地說。

「是啊，原本只在電視裏看到的金字塔，能去親身體驗一下，真是一件讓人高興的事情！」楊歌也很高興。

「在那裏，我很可能會見到稀有的生物物種。」白雪樂透了。她對生物學有着濃厚的興趣。

就在三個少年樂不可支的時候，門鈴聲響了：

「鈴——鈴——」

張小開拉開門一看，是一位穿着藍色制服、二十幾歲的小伙子。他彬彬有禮地說：

「是張小開先生吧？這是您訂的三張飛機票，已經付款了，請您在收據上簽名。」

就這樣，「校園三劍客」的金字塔探險之旅拉開了序幕。

第二章　像湯告魯斯的陌生人

到機場後，張小開、楊歌、白雪提着各自的行李，嘻嘻哈哈説笑着登上了飛機。當他們把行李放到頭上的行李櫃中，在椅子上坐定時，張小開輕輕扯了扯身邊白雪的衣袖，小聲説：

「瞧，大影星湯告魯斯！」

白雪順着張小開手指的方向一看：只見一個身材高大的金髮男子正向他們走來，他戴着寬邊眼鏡，鼻樑挺直，嘴唇緊抿，臉上線條輪廓分明，留披肩髮，樣子十分英俊。這個人穿一身剪裁稱身的淺灰色西裝，套一件深灰色的長風衣，舉止瀟灑，風度翩翩，還真有點像美國著名影星湯告魯斯，只不過他那藍灰色的眼睛裏流露出的是貪婪而冷酷的目光。

「他不是湯告魯斯，只不過有點像，參加電視台的模仿比賽倒可以以假亂真。」靠窗而坐的白雪笑着説。

「管他是不是，只要他長得像，就是冒牌的我也喜

歡。」張小開的口氣中充滿了崇拜之情。

湯告魯斯是張小開心目中的英雄、偶像。張小開收集了他演出的所有電影的影碟，許多影片看了不下十遍。

像湯告魯斯的陌生人走到「校園三劍客」的座位旁邊，看了看票，然後打開位於他們上方的行李櫃，將他隨身帶的行李放了上去。張小開發現他的箱子跟自己的很像，也是銀灰色、小型的那一種。

金髮男子關上了行李櫃，挨着坐在外側的楊歌坐下來。

張小開目不轉睛地注視着他。終於，張小開忍不住了，從口袋裏掏出個小本子，取出一支筆，越過了楊歌，遞到金髮男子面前，對他説：

「拜託，您可以給我簽個名嗎？」

金髮男子愣了一下，然後搖搖頭，很生硬地將張小開遞過來的本子給推了回去。

張小開一下子變得狼狽不堪，楊歌和白雪都使勁地忍着笑。

「喂，你們兩位，想笑就笑出來吧，有什麼呀！」

張小開悻悻地説。

又過了一會兒，金髮男子站起身來，打開行李櫃，將銀灰色旅行箱打開，把一個什麼東西放了進去。然後他又坐到座位上，繫好安全帶，閉目養神。

「可能他真的是湯告魯斯呢，不然派頭怎麼那麼大？」張小開心想。雖然金髮男子拒絕了自己，但張小開並不恨他。

緊挨金髮男子坐着的楊歌可不這麼想。楊歌曾偶然進入過時空隧道，受了時空隧道射線的輻射，具有了超能力，可以感知別人的思維。此時，**一陣陣衝擊着他大腦的思維波是一種充滿了警惕、不安、惶恐的思維波。**也就是説，坐在他身邊的這個金髮男子並不像他的外表那麼鎮定和安詳。不，在金髮男子鎮靜從容的外表下，他的內心世界分明在起着十二級以上的風暴，他在害怕、在擔心、在恐懼、在祈禱……他是誰？為什麼要掩飾自己？莫非他剛剛經歷過一場感情的挫折？或者是個殺人犯，剛剛做完一件見不得人的壞事？一般人的內心世界是不會有如此的波瀾的。

　　楊歌想將自己的意識伸進金髮男子的思維世界裏去探個究竟，但是，他還是忍住了。畢竟，我們每一個人都有自己的私隱權，用自己的第六感去探知別人內心裏不願示人的事情，是不道德的。楊歌可不是那種愛打探別人私隱的人。

　　雖然金髮男子的思維波像波浪般一下一下地衝擊着楊歌的大腦，但是，他還是克制着自己，將注意力轉移到將要開始的探險上來。

第三章　金字塔之謎

飛機在藍天白雲間平穩地穿行着。

「校園三劍客」的情緒既緊張又興奮：這是一項全新的探險任務，他們需要在這短短的時間裏，盡量熟悉金字塔的情況，為即將進行的探險工作做積極的準備。

白雪把前面的折疊板放下來當桌子，然後將臨行前帶來的一大堆資料放在上面，問張小開：「金字塔為什麼叫金字塔？是因為裏面藏有金嗎？」

「哈哈，看來你對金字塔還很陌生啊！告訴你，金字塔裏沒有金，它之所以叫金字塔，是因為它的外型看上去像漢語中的『金』字。」張小開笑道。

張小開以前就對金字塔很感興趣，讀過不少研究金字塔的書，加上他記憶力很好，許多關於金字塔的資料他都背得滾瓜爛熟，現在正是他炫耀自己學識的好時機，他豈肯放過？張小開繼續侃侃而談：

「金字塔是一種四角錐體建築物，它的四個斜面

分別朝向東、南、西、北四個方向。埃及人稱金字塔為『庇里穆斯』，意思是『高』。保存完好的埃及金字塔有八十多座，其中最宏偉的是胡夫金字塔，它的高度有146米，相當於一座40層高的摩天大樓。當年拿破崙打到埃及時，曾對他的士兵們說過一句話，你知道是什麼話嗎？」

「不知道，什麼話？」白雪搖搖頭。

「拿破崙說……」張小開故意讓聲音抑揚頓挫，然而，他的話還沒有說完，就被楊歌接去了。

楊歌接着說：

「『士兵們，4,000年的歷史從這些金字塔的頂端默默地注視着你們。』」

「看來你也是個金字塔專家啊，」張小開豎起拇指說，「當年拿破崙曾做過一個粗略的統計，如果將胡夫金字塔及鄰近的海夫拉金字塔、孟卡拉金字塔三座塔的石塊集中在一起，砌成一道高3米、厚1米的石牆，這堵牆可以圍繞整個法國一周。面對如此宏偉的建築，拿破崙能不發出這樣的感歎嗎？」

「埃及人為什麼要建如此宏偉的金字塔呢？是像歷

史書説的那樣，為死去的法老建的陵墓嗎？」白雪不解地問。她平時更關注生物學方面的知識，對歷史學不大了解。

「教科書上都這麼説，」張小開喝了一口可樂，潤了潤嗓子，繼續炫耀他平時積累的關於金字塔的知識，「事實上，這還是一個謎，真相可能遠遠不如人們想像的那麼簡單。比如説胡夫金字塔，就有許多神奇的數字巧合。有人作過這樣的計算：**金字塔塔高乘以10億等於地球到太陽的距離，即約1.5億公里……**」

「還有，**金字塔本身重量乘以10的15次方，等於地球的重量。金字塔的周長除以2倍的塔高，等於圓周率……**是不是？」

「想不到你也背得這樣熟啊？」張小開有些驚訝地説，為了顯示自己比楊歌還要懂得多一點點，他接着説：

「據説2,000年前的埃及人只能用胳膊作丈量單位，埃及人稱之為『腕尺』，他們是如何把金字塔建得如此精確的呢？這都是謎。如果説金字塔是法老的陵墓，他們只要在地上簡單地挖一個坑就足夠了，為什麼要花如

此多的時間和精力來造這樣的陵墓呢？」

「我不同意你的看法。」楊歌打斷了張小開的話，他說，「剛才提到的許多關於金字塔的神奇數字什麼問題也說明不了。事實上，數字是可以隨意擺布的東西，舉例說，巴黎的埃菲爾鐵塔高29,992厘米，這幾乎相當於光速（29,977,600,000厘米/秒）的百萬分之一，誤差是1：2,000，或者5%再除以100。這僅僅是巧合，當初埃菲爾鐵塔的設計者完全沒有考慮埃菲爾鐵塔和光速之間的關係。其實，你隨意在紙上畫一條線段，你都能找到與這條線段的長度相關聯的數字。」

「照你這麼說，世界上就沒有什麼神奇的事情了？」張小開不滿地說，「可是關於建造金字塔的許多技術，現在的人至今也沒想明白呢。」

楊歌笑着說：

「都有什麼呀？說來聽聽。」

張小開不甘示弱地說道：

「舉個簡單的例子：建造金字塔的每一塊石頭都重達幾噸至上百噸，甚至今天我們有現代技術和先進設備也很難複製出這些遺跡。在古埃及時期，沒有自傾貨車

和吊車，沒有鋼製纜車和起重機，甚至連鐵製的工具、滑輪那麼簡單的東西都沒有，古埃及人是怎樣將巨石準確地排列在沙漠地上，再疊砌起來的呢？」

「你的意思是古代人根本造不出這樣的建築來，金字塔是外星人造的，對嗎？」楊歌反問道。

在三個人中，楊歌通常扮演懷疑論者的角色。只要是張小開說的話，他都要提出相反的意見。而白雪，則在兩人吵得不可開交時再從中調和。

張小開見楊歌一本正經地與自己討論，思維頓時變得空前的活躍。他點頭道：

「是的，我就是這樣想的。我們先擱着怎樣疊巨石不說，單說那麼大的石頭，是怎麼開採的呢？這就很難解釋。因為當時還沒有發明炸藥，也沒有鋼釺之類的開鑿工具。你說，除了外星人，還有什麼人能做到？」

「我開始相信小開的話了。也許外星人在人類還沒有高科技的時候技術已經很發達，才造出了金字塔這樣雄偉的建築。」白雪點點頭說。她也站在張小開的一邊。

「不，這仍然說明不了什麼問題，」楊歌堅持說

道，「那個時代雖然沒有鐵，可是有銅嘛。只要是用銅或青銅的鑿子在岩石上打孔，然後插進木楔，灌上水，木楔子慢慢就會膨脹，然後岩石不就脹裂開了嗎？」

張小開頓時語塞，他撇了撇嘴說：

「這固然有理，可這未免也太笨了嘛。」

「這樣的方法現在看當然很笨了，可是在幾千年前的埃及，這可是很了不起的技術啊。」楊歌在這場辯論中開始佔上風，他接着說，「事實上，許多寫金字塔普及讀物的作者們在介紹金字塔時都誇大其詞，或者隱藏了一些基本的事實。」

「怎麼誇大其詞了？說說看。」張小開很不服氣地說。

「比如說在建造金字塔的事情上，天外來客的宣傳者們就大膽地宣稱是外星人通過反重力裝置、能切割石塊的激光或放射性漿液等特殊工具完成建造工作的。這種想像固然令人神往，卻缺乏證據。事實上，稍有考古學常識的人就會知道，當時的埃及人已經開始使用銅製工具，如加工石灰岩的鋸和鑿等。我們不妨用**奧坎姆剃刀律**（這條定律是根據十四世紀的一位英國哲學家威

廉‧奧坎姆命名的。定律的主要內容就是：最可能的解釋就是最好的解釋。）來思考這個問題……」

白雪點點頭說：

「對，如果用奧坎姆剃刀律來思考這個問題，我們還是有理由認為古人是有可能依靠自己的智慧，集合人力來建造金字塔的。」

楊歌贊同道：

「是的，如果我們用客觀的眼光來觀察各個時代人類的創造成果就會懂得，僅僅因為缺乏有關史前人類的文字記載，就對他們的人力和創造力隨意加以限定是不行的。關於『金字塔神奇論者』奇談怪論的破綻，還有很多。」

「你說的也有一定道理，可是，你的話並不能解開金字塔的謎團。金字塔是如何建造的？建造的目的是什麼？那些早已化為塵土的人們，當時是出於什麼動機才去建造的呢？為什麼要花費如此巨大的力量把金字塔建造得可以再存在十萬年、甚至存在到人類文明消亡之後那麼久遠呢？……」張小開頗有些激動地說。他雖處於下風，卻不願輕易言敗。

　　「是啊，這正是『神秘客』要我們去解開金字塔之謎的原因。」楊歌點頭道。

　　這時，他發現金髮男子的眼睛睜開了一下，很專注地瞥了三個孩子一眼，然後又閉上了。

　　「他似乎一直在聽着我們的談話？他是誰？在監視我們嗎？⋯⋯」

　　楊歌不禁再次打量了像湯告魯斯的那個陌生人一眼，他再次感覺到了陌生人緊張、惶恐和憂心忡忡的腦電波。

第四章　特殊的歡迎儀式

「各位乘客，本次航班即將降落在開羅機場，請繫好安全帶。」

廣播裏傳來空中小姐用英語和普通話輪流說的甜美悦耳的聲音。

經過八個多小時的飛行，飛機將要到達目的地。在這短短的八小時裏，「校園三劍客」將有關金字塔之謎

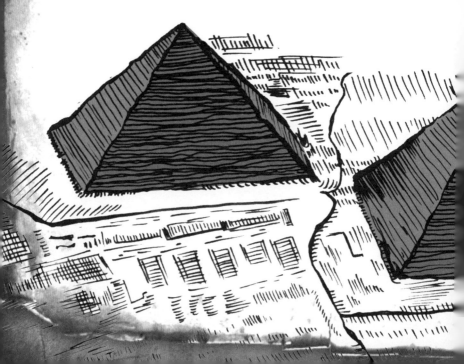

的材料較為細緻地瀏覽了一遍，對金字塔已經有了粗略
的了解。當他們聽見空中小姐的廣播之後，三人竟然不
約而同地把腦袋擠到了舷窗邊向外看。他們隱約看見開
羅市區現代化的建築、林立的清真寺塔尖和在沙漠上星
羅棋布的金字塔。三個孩子頓時熱血沸騰起來。他們在
心裏呼喚着：

「埃及、金字塔、獅身人面像，我們來了！」

飛機安全着陸之後，飛機裏的乘客紛紛解開安全
帶，起身要收拾東西下飛機。然而，就在這時，廣播裏
再次響起空中小姐溫柔的聲音：

「女士們、先生們，機組剛剛接到警方通知：飛機上可能藏有一件盜運自中國的重要文物，我們需要對乘客的行李進行檢查……請大家耐心地在座位上等候……檢查大約需要二十分鐘，給各位帶來不便，請諒解。」

「還要等二十分鐘啊！真夠漫長的！」對探險躍躍欲試的張小開一下子洩了氣，他早已迫不及待地想開始金字塔的探險了。

「別着急嘛，我們在開羅的時間短不了，夠你大開眼界的。」楊歌勸慰張小開。這時，他發現身旁長得像湯告魯斯的金髮男子臉上掠過一絲不安的神情。

「旅客們，打擾了。」

六名埃及警察登上機艙，在機組人員的協助下開始對乘客的行李逐個開箱檢查。

他們非常細緻地檢查了乘客們的行李和皮箱，然而，二十分鐘過去了，警察卻沒有找到他們需要尋找的文物。

「現在可以放我們下飛機了吧？」有些性急的乘客開始嚷嚷起來。

　　楊歌身旁的金髮男子仍然沉默不言，警察們向他走來，楊歌發現他的神情比剛才還要緊張。

　　「先生，請把你的行李拿出來，讓我們檢查。」一位警官很有禮貌地對金髮男子說。

　　金髮男子打開行李櫃，爽快地取出他的銀灰色箱子，打了開來。那位警官翻了翻，什麼都沒有發現，便朝他點點頭說：

　　「謝謝您的合作。三位小客人，你們的行李呢？」警官彬彬有禮地對「校園三劍客」說。

　　「我們……我們只不過是三位中學生，不可能會走私文物的。」張小開愣了一下說。

　　「飛機上只有你們三位的行李還沒有檢查，你們最好把行李拿出來讓我們看看。」警官的聲音既克制又威嚴。

　　「你們想看就看吧。」張小開滿不在乎地從行李櫃上拿下旅行箱，「啪」地一下打了開來。就在這時，圍觀的人們，包括白雪和楊歌，都發出一聲「啊」的呼叫——張小開的箱子裏，一件雕刻精緻的大金印發出的光芒刺痛了人們的眼睛。

「這⋯⋯這是怎麼回事？」張小開大吃一驚。

「這裏面一定有誤會。」楊歌也説。

「是啊，我們來之前是沒有這東西的。」白雪吃驚得不得了。

「現在你們説什麼都沒有用，帶上行李跟我們到警察局去一趟。」警官嚴厲地説。

「校園三劍客」現在是跳進黃河也洗不清了。無奈，他們只好帶着行李，跟隨着警察下了飛機。

「哈哈，瞧，這就是埃及歡迎我們的儀式。」楊歌聳了聳肩，略帶譏諷地説。

當楊歌從金髮男子身邊經過時，楊歌聽見金髮男子長長地吁了口氣，看見他一直板着的臉上，竟然浮出了幸災樂禍的微笑。

第五章　對眼神功

審問是在一間很空曠的房間裏進行的。

長長桌子的一邊是來自阿拉伯威名赫赫的警察局長阿法特，他眉頭緊鎖，神情嚴峻。這是他當警察三十年來經歷的最蹊蹺的一個案件：被走私的文物是一件稀世珍寶，而走私文物的人竟然是三位超級低齡的「文物走私犯」，他憑直覺知道這個案件非同一般。

阿法特有着很特別的審問辦法：他從不一開始就急於要犯罪嫌疑人交待真相，而是一坐下來，就用圓圓的小眼睛凝視對方，直看得被審問者心裏發毛，心理防線崩潰，然後交待出隱藏在心中的秘密。三十年來，此招屢試不爽。今天，他打算把這一招應用到「校園三劍客」身上。

阿法特局長先用銳利的目光掃射「校園三劍客」一眼。他的心中很快就有了對三個孩子初步的判斷：楊歌外表極酷，意志也應當比較剛強，估計不那麼好對付；

白雪看起來雖然溫柔，但神清氣定，好像很有主見，也不是那麼容易擊破的；唯有嘻皮笑臉的張小開，看起來最幼稚。阿法特馬上做出決定，以張小開為突破口，或許可以輕鬆搞定這個案子。

瞧，阿法特局長開始表演了：他那胖胖的臉上瞇縫着的眼睛猛地瞪大了，射出一束類似「對眼神功」似的目光，直逼向張小開的雙眼，將張小開鎖定，似乎要穿透張小開的身體。

正是「人不可貌相，海水不可斗量」，這位阿拉伯的國際友人哪裏知道在學校裏張小開「主修」的專業之一就是「對眼神功」。只要一有時間，張小開便擺開擂台，大聲叫囂：凡能戰勝本台主的「對眼神功」者，獲贈正版「張小開最新遊戲」一張。但是有史以來，結局都是以打擂者受不了張小開如雷霆一般的神目而告終。這一回，當阿法特用目光逼視張小開的眼睛時，他萬萬沒想到張小開的雙眼頓時一亮，好像是一隻好鬥的公雞在籠子裏關了幾個月，憋得滿心是火，四肢發癢，好容易被放了出來，一受到別的公雞的挑釁，便馬上投入戰鬥，其目力絕不在阿法特之下。

在張小開強而有力的目光抵抗之下，阿法特局長不由自主地將「功力」提高到十成。只見二人眼中射出的目光如兩股錢塘江的潮水豁然相遇，頓時拚殺得天昏地暗，日月無光。張小開不愧是初生牛犢不怕虎，只見他越戰越勇，兩眼射出的光更加炯炯有神，而局長那一線目光卻有些不妙，比起開始時的一瀉千里已經黯淡了不少，一張胖臉憋得通紅，想「棄城逃跑」，卻又心有不甘，只有硬着頭皮，打起精神。不過薑還是老的辣，在阿法特局長目光的「進攻」下，張小開不禁有些退縮……

桌子一邊是有着三十年對付罪犯經驗的老警察，一邊是在校園裏經過千錘百煉的初生牛犢張小開，一老一少兩個都訓練有素，正是棋逢對手，將遇良才，其結果如何一時還不得而知。

五分鐘過去了……十分鐘過去了……十五分鐘過去了，終於阿法特局長堅持不住了，一低頭，把臉埋在胳膊彎裏，偷偷釋放了一下實在憋不住的笑意。

不過，局長畢竟是局長，雖然敗了第一局，卻又馬上恢復了正常，上來了第二招——單刀直入。他一拍桌

子，大喝一聲：

「你們為什麼要走私這麼貴重的文物？」

張小開才不會上當，他笑着說：

「我們根本沒有走私文物。」

阿法特卻不甘心，再拍桌子問道：

「你們為什麼把文物走私到這個國家？」

張小開一口咬定：

「我們到這裏是來旅遊的。」

阿法特再問：

「那你們箱子裏的金印該怎麼解釋？」

張小開搖頭說：

「這不是我們的東西，我們根本沒有帶這枚金印，我要求見律師……」

　　……

他倆的唇槍舌劍勝過任何一場國際大專辯論會。通過張小開與阿法特局長的對話，「校園三劍客」了解到：

從張小開皮箱裏發現的那枚金印有2,000多年的歷史。它是漢王朝授予日本九州的某個部落酋長的，是表

示漢王朝對這個地方的統治，也表示中央政府對那個日本酋長權威的認可的證據。金印全部由純金打造，雖然經歷了2,000多年，圖文仍然清晰可辨。

金印中心用金石鼎文雕刻着兩行古樸的文字，周圍是幾頭異獸登着祥雲，昂着頭，雙目金光四射，彷彿隨時都能夠從印中狂奔出來，顯示了漢王朝權威的神秘、崇高。這枚金印對研究漢王朝的疆域範圍、中日兩國的文化交流、當時的技術發展水平等等，具有重大的學術價值和科研價值。

三十年前，這枚金印在日本出土時，整個考古界都沸騰了，全世界的文物收藏者競相開出天價要收購這枚價值連城的稀世之寶。

正當張小開和局長在進行目光戰役和口水戰役的時候，楊歌在一旁陷入了沉思：

「金印怎麼會跑到小開的皮箱裏呢？莫非是上飛機之前就被放進去的？不可能！我們整理好行李直到上飛機，箱子一直是我們自己提着的，直至上飛機才把行李放上頭頂的行李櫃中。一定是上了飛機之後被放進去的。那麼是什麼時候呢？」

楊歌閉上眼睛，努力回憶着，他的腦海裏出現一系列的畫面：

「雲彩⋯⋯藍天⋯⋯空中小姐甜美的微笑⋯⋯越過他頭頂的一雙手⋯⋯」

楊歌一眨眼睛，腦中又重複了這個印象：

「對，是一雙手，這雙手是從頭頂伸過去，打開了放在行李櫃上的銀灰色皮箱⋯⋯行李櫃裏有兩個銀灰色皮箱⋯⋯那個人打開的是小開的皮箱⋯⋯我知道是誰幹的了⋯⋯就是那個坐在我們身邊的金髮男子⋯⋯怪不得他的思維波那麼緊張！」

楊歌整理了一下自己的思路：

「沒錯，就是那個金髮男子！可笑這幫警察，真正的國際文物走私販子就在他們面前，他們居然把我們當作文物走私販子抓了起來，讓真正的壞蛋大搖大擺地從他們眼皮底下逃走了。我得想個辦法讓他們清醒清醒⋯⋯」

楊歌睜開眼睛，對坐在一邊不知所措的白雪微微一笑，然後又轉身對正全力和張小開唇槍舌劍交戰的阿法特警察局長説：

「尊敬的局長先生，也許您真的認為我們應該對這國際走私案子承擔責任，但是我希望您能在確定我們的罪行之前，從國際人道主義的角度出發，給我一杯水，好嗎？」

白雪和張小開愣愣地看着楊歌，心裏怪納悶：楊歌剛才那麼一陣子不說話，定定地發呆，這會兒一開口就是這一句不着邊的怪話，真不知他想幹什麼。

楊歌看了看愣愣的白雪和張小開，又看了看眉頭深鎖的局長，微微一笑：「來杯熱的，好嗎？」

阿法特局長扭頭對手下說：「給他來杯熱開水。」

一位警察端上一杯熱水放在楊歌面前，楊歌並沒有喝，只是用手握着杯子。那邊局長又開始了與張小開的國際大爭辯。但是，過了一會兒，激戰正酣的局長臉上突然露出驚訝的神情：他閉上了唾沫四濺的大嘴，屏住呼吸，雙眼直勾勾地盯着張小開後面的牆壁，眼珠子似乎要從眼眶裏掉出來。

張小開和白雪好奇地轉過了頭，盯着那面牆，可那面牆和普通的牆沒有什麼區別。

然而，對於阿法特局長來說可不是這樣。他看見那

面牆變成了一個屏幕，緩緩地放映着一段特殊的影片：

　　牆壁上面分明是正在飛機上的張小開、楊歌和白雪。三人身子陷進寬大舒服的飛機座椅中，熱烈地討論着什麼……一個長得像湯告魯斯的金髮男子拿着銀灰色的箱子向他們走來。他坐下之後張小開十分崇拜地將一個小本子遞到他面前，但張小開吃了個冷冷的閉門羹……

　　金髮男子坐了一會兒，又站了起來，打開了行李櫃，開啟了其中一個銀灰色的皮箱，那個皮箱正是張小開的。因為都是銀灰色皮箱，三個孩子竟然沒有注意……金髮男子將一樣東西，對，就是金印，放進了皮箱裏，很快地關上……

　　金髮男子坐回座位上，神情鎮定自如，彷彿什麼事都沒有發生……牆壁上的畫面漸漸地變淡，很快又恢復了原樣，平平整整，好像什麼也沒有發生過……

　　「怎麼回事？這究竟是怎麼回事？」

　　阿法特局長驚訝不已──他以為是他所信奉的真主顯靈，讓他看到了這走私案的真相。

　　其實，這件事跟真主一點兒關係都沒有，那面牆壁

也只是普通的牆壁，並沒有什麼不正常。一切都是因為具有超能力的楊歌將自己的記憶以思維波的形式強行輸入了阿法特局長的大腦中，局長從牆上看到的電影其實是楊歌在他的思維中放的電影。

阿法特局長努力調整好呼吸，用雙手拍拍胸脯，對他的屬下下令道：

「把飛機上監控設備拍下的資料拿來檢查，要快！」

第六章　與走私犯擦肩而過

阿法特局長再進來的時候，臉上寫滿了歉意。他十分不安地對「校園三劍客」說：

「對不起，是我們弄錯了，我們的資料和剛才真主啟示我的畫面都顯示你們是無罪的，你們被人陷害了。我鄭重地向你們表示我的歉意，多虧真主的提示，要不我們就要冤枉好人了。」

阿法特局長話說完之後，還十分虔誠地向天空做祈禱。

阿法特局長親自送「校園三劍客」出警察局。他心中對剛才的「對眼神功」失手念念不忘，走到警察局門口時，他握着張小開的手說：

「你的眼神真厲害，我敵不過你。」

張小開故作謙虛地說：

「沒什麼，中國的小孩都會這個，我算是差的呢！」

阿法特局長一聽，翹起了拇指，連聲說：

「中國小孩，厲害，厲害！」

當阿法特回到辦公室時，他看到楊歌的那杯水還在，不由伸手過去拿了一下，沒想到冷得他全身發抖。他又一次目瞪口呆：那杯水全成了冰塊。原來楊歌在調用體內超能力時，需要吸收外界的能量。剛才他跟警察要熱水，正是為了從熱水中吸收能量。當他用超能力使阿法特局長看完一場非比尋常的電影時，杯中熱水的能量全部被他吸收光了，因此就變成了冰塊。

「校園三劍客」一走出警察局，就看見一輛紅色的小轎車停在那裏等候他們。轎車裏坐着一位年輕英俊的男子。他向「校園三劍客」出示了證件，壓低了聲音說：

「我是埃及國家安全局的邁克，奉命來協助你們。」

「校園三劍客」上了車，覺得車裏又寬敞又舒服。邁克按了幾個按鈕，車就開動起來了，一點兒聲音也沒有，又快又穩。邁克又按了座位上的一個按鈕，他的座位就緩緩轉過來了，和「校園三劍客」面對面。

張小開大驚失色，叫道：

「你⋯⋯你怎麼不開車呀！你不想活，我們還想多活幾年呢！」

邁克微笑道：

「這是目前最先進的全自動汽車，完全電腦控制，無人駕駛，衞星定位導航。」

「好厲害！」「校園三劍客」嘖嘖讚歎。

「對了，邁克先生，你怎麼會來接我們？」楊歌不解地問。

邁克看了看「校園三劍客」，説道：

「我剛剛收到我的上司通過特殊頻率的電波發給我的命令：他要求我協助你們調查金字塔之謎，滿足你們所提出的一切要求。我將會在各個方面協助你們。無論你們需要什麼，請向我提出來⋯⋯」他頓了頓，接着説：「我的上司讓我來接三位來自中國的金字塔專家，在見到你們之前，我還以為來的會是三位老頭，沒想到你們這麼年輕。」

「校園三劍客」相視一笑。他們心裏都明白，是神秘客運用他在網絡世界裏無所不能的神通假裝邁克的上司，給他發來了命令。

「校園三劍客」不由得暗暗佩服神秘客的能耐。

邁克開車把「校園三劍客」帶到了一家名叫「金字塔之神假日酒店」的五星級酒店——它的主體部分是金黃色的方錐體，與金字塔的外形如出一轍。入口處卻設在幾十米外的一座貌不驚人的小樓裏，經過一條曲折的地下隧道，才能進入酒店之內。看了這精妙的設計，張小開驚喜得嘴都合不上了，連一向自傲的楊歌，也不禁大聲稱讚。

進了酒店，邁克到總服務台為「校園三劍客」辦理住宿登記手續，「校園三劍客」在大廳裏轉了起來，四壁的五彩壁畫令他們眼花繚亂。張小開正興高采烈地看着，忽然不小心和一個迎面匆匆走來的高個子男青年撞個正着，張小開腳步不穩，眼看就要倒下去，那人馬上伸出手，拉住了張小開。那人拉住張小開時先是奇怪地望了張小開一眼，然後又朝楊歌、白雪及在服務台前辦手續的邁克匆匆瞥了一眼，目光中透着驚訝。被撞得頭暈眼花的張小開正要埋怨，可當他抬起頭，發現撞他的人竟是在飛機上遇見的那位「湯告魯斯」時，氣頓時消

了。張小開說：

「喂，你走路就不能小心點嘛……咦，原來是你啊，湯告魯斯，你給我簽個名吧。」他一邊說着，一邊着急慌忙地要從包裏掏本子，可氣的是不知為什麼背包的帶子擰成了一個死結，他不得不奮力與死結「搏鬥」。當他終於「戰勝」死結，將本子掏出來時，那個男人早已大步流星地走到了酒店的門邊了。

「等一等……」張小開朝他大聲喊道。然而，陌生人頭也沒回，便走了出去，消失在燦爛的陽光下。

在陌生人撞張小開的時候，楊歌就認出了他是飛機上遇見的像湯告魯斯的陌生人。楊歌想大聲地喊「他就是走私犯」，但還是忍住了。因為楊歌無法確定陌生人就是在飛機裏栽贓給他們的人，再說自己也沒有任何證據。楊歌想，既然埃及警方已經看過錄像了，如果確認此人就是走私犯，就一定可以抓住他，自己不宜再插手這事。

陌生人就這樣從酒店中走了。

第七章　千塔之城

「**校**園三劍客」住進了有一臥室一套房的房間裏。白雪單獨住套房，楊歌和張小開住大臥室。

「這個套間是這家酒店裏眺望開羅風景最好的房間。」邁克一邊說，一邊拉開了客廳的窗簾。

美麗的開羅風光頓時映入「校園三劍客」的眼簾：遠處隱約可見的是大大小小的金字塔，近處沐浴在陽光中的是充滿現代氣息的高樓大廈和數以千計的圓頂清真寺，三種建築都以湛藍的天空為背景，在綠樹與尼羅河的映襯下顯得和諧自然，交相輝映。

「咦，埃及人信伊斯蘭教？金字塔是穆斯林建築嗎？」白雪有些奇怪地問。

「不是，金字塔在阿拉伯人進入埃及之前的好幾千年就已經存在了。」

邁克接着簡要地向「校園三劍客」介紹了埃及的歷史：

古埃及是一個擁有悠久歷史的文明古國，長期以來，一直由法老統治着。公元前525年，能征善戰的波斯王岡比斯擊敗埃及第二十六王朝的法老，埃及淪為波斯的一部分，法老時代到此結束。

公元前332年，馬其頓的亞歷山大接管了埃及，此時，埃及變成了一個希臘化的國家，只在民間還保留了法老時代的風俗習慣和宗教。

公元641年，阿拉伯人入主埃及，隨後伊斯蘭文明便在這片法老的土地上生根開花。到18世紀，第一批考古學者踏上埃及大地時，所見皆是清真寺圓頂塔，所聞皆是穆斯林悠揚的祈禱聲，而坐落在基沙高地大金字塔腳下的開羅城，由此擁有了「千塔之城」的美名。

埃及在法老之後先後由崇尚人文精神的古希臘人、尚武奢華的古羅馬人、樸素肅穆的阿拉伯人統治，其文化也融合了這幾種文明的特徵。不過，後來者誰也沒能力再現古埃及文明那氣勢磅礴、懾人心魄的神秘與輝煌。

……

邁克與「校園三劍客」說話的時候，他腰間的手機

突然響了。邁克拿起手機，説了兩句話，就很抱歉地對「校園三劍客」説：

「抱歉，總部找我有些事情，我得馬上去一下。你們一路勞累，先休息休息。有事時用電話聯繫。」邁克説完，把自己的名片留給了「校園三劍客」。

「叔叔，沒關係，你有事就先走吧。」白雪十分善解人意地説。

邁克點點頭，和「三劍客」分別握手告別，便匆匆離去了。

邁克走後，三人開始打量房間。

房間裝飾得豪華、漂亮，各種設施一應俱全。「校園三劍客」不約而同地發現，客廳的結構上小下大，呈金字塔形；房裏的傢具、雪櫃，桌上的茶具、杯子，甚至連電視機的形狀，都是金字塔形。

「奇怪，這酒店裏的東西只要能做成金字塔形狀的都做成金字塔形，這到底是為什麼？」白雪奇怪地説。

「這大概是為了合理地應用**金字塔能**吧？」張小開知道炫耀學識的機會又到了，於是搶先説道。

「金字塔能？什麼是金字塔能？」白雪奇怪地問。

張小開得意地説：「不知道了吧，科學家的研究發現，金字塔的形狀，使它貯存着一種奇異的『能』，即金字塔能。這種能量能使屍體迅速脱水，在腐爛之前『木乃伊化』，有朝一日法老可能在裏面復活。」

「復活？那怎麼可能呢？簡直就是幻想嘛！」

「有道理，的確沒有一個法老復活過，可是金字塔能量還是很神奇的。」張小開越説越起勁，「『金字塔能』學説的由來，最早要追溯到20世紀40年代，當時有一位叫布菲的法國科學家在考察胡夫金字塔時，找到一些乾癟的動物屍體，他發現這些動物是自己跑進去的，雖然死了很久，卻不腐爛發臭。這引起了他的深思……」

白雪聽到這裏，打斷了張小開的話，接着説：「有關這事的資料我也看過。據説布菲回國後，按胡夫金字塔的千分之一的比例用木板製作了一個缺底的小金字塔，按南北方向放置，並在裏面放了一隻剛死的貓。過了很長時間，布菲打開金字塔，發現死貓沒有腐爛，卻成了木乃伊。」

「正是如此，」張小開又接過了白雪的話頭，「這一發現轟動世界，受布菲的啟發，人們發現放在金字塔模型裏的剃鬚刀片不但不生鏽，反而更鋒利。於是，一種金字塔形狀的極其簡單而又神奇的『法老磨刀片器』被發明出來。人們還發現把肉食、蔬菜、水果、牛奶等放在金字塔模型內，可以保持長期新鮮不腐；把種子放到金字塔模型裏，可以更快發芽；把自來水放在金字塔模型裏24小時，出來的『金字塔水』有許多神奇功效，比如能健胃助消化、消瘀止痛、灌溉農作物可使之生長更快……」

「這不是有點兒太神奇了嗎？」白雪有些難以置信，「這些能量又是從哪裏來的呢？」

被白雪這麼一問，張小開顯得更加神氣，得意洋洋地說：

「現在的科學還不能解釋。有人猜測『金字塔能』是由於某種宇宙的力量和地球引力結合的產物。『金字塔能』的研究是近三十年來關於金字塔最熱門的研究。瞧，我們現在在金字塔形狀的酒店裏住着，用的都是金字塔形狀的東西，住上兩年出來，說不定我還可以變得

像湯告魯斯那樣帥呢。」

「又是湯告魯斯？！」白雪笑了起來。

白雪和張小開説話的時候，楊歌一直默不作聲，他心裏在想：「金字塔能」到底是什麼呢？是宇宙射線？是磁能？還是宇宙射線和地球引力的結果？還是另外別的什麼？

張小開與白雪大談「金字塔能」時，一個酒店招待員推着餐車走了進來，車上放着香氣四溢的埃及式美食，還有一大盤水果。他們三個的肚子早就餓得咕咕叫了，張小開抓起一塊牛排就要大嚼，還是楊歌心細，問道：「我們並沒有訂餐，這是誰送給我們的？」

小開滿不在乎地説：「你管那麼多幹什麼，有吃的就先吃，吃飽再説。」

白雪説：「這餐不是我們訂的，剛才邁克也沒有替我們訂餐。我們還是應當弄清楚怎麼回事才行。」

眼看三個人要吵起來了，招待員連忙道：「別吵，別吵，我打個電話問一下，看是不是送錯了。」

打完電話後，他滿臉歉意地説：「對不起，是我送錯了，這是你們樓上訂的。打擾你們了，請原諒。」

三個人忙不迭地說沒關係，小開碰碰楊歌說：「你看人家，多禮貌，哪像你，一天到晚冷冰冰的。」

他這一說，倒把楊歌提醒了：這個一身制服，唇上還有兩撇小鬍子的招待員看起來很眼熟。當招待員推着車出門時，楊歌突然想起來了：這人不就是那個像湯告魯斯的陌生人嗎？他幹嗎要變了裝給我們送餐呢？他真的是文物走私犯嗎？他有什麼企圖？……

事情好像越來越複雜了，這勾起了楊歌的好奇心，他決定先什麼都不說，靜觀其變。

第八章　法老的詛咒

「**校**園三劍客」在酒店下榻一個小時之後，他們的肚子「咕咕」地叫了起來。三人到餐廳去吃了一頓頗具埃及特色的午飯。「校園三劍客」吃飽了肚子，感覺精力旺盛，便躍躍欲試地想要盡早開始工作。白雪給邁克打了個電話，提出想要盡快了解關於金字塔的信息，邁克關切地問：

「你們剛到，休息好了嗎？還是再歇歇，明天再幹吧。」

白雪還沒來得及說話，張小開就迫不及待地搶過電話說道：

「我們早就不累了，不等了，不等了，還是馬上就開始吧。」

邁克想了想說：「好吧，現在就開始，你們在大廳裏等，我馬上給酒店打電話要輛車送你們。」

三個人雀躍地來到酒店門口，一輛黑色的寶馬汽車

已經停在了那裏。他們上了車，裹着白頭巾的埃及司機衝他們笑笑，就發動了汽車。寶馬車悄無聲息地滑動起來，不一會兒就上了高速公路。

路兩旁是茫茫的沙海，金色的沙丘巍然挺立，在亞熱帶的陽光下，釋放着瑰麗的光芒。再遠方，就是宛如玉帶的尼羅河，雖然看不到波光粼粼的河水，但還是引起了他們的無限遐想。

公路旁，幾匹素有「沙漠之舟」之稱的駱駝正在一溜小跑，這些駱駝都身高體壯，頸前掛着金鈴，背上蓋着錦繡的毛毯，翻飛的四蹄踢起陣陣黃沙。駱駝上的埃及人都有一把蓬鬆的大鬍子和一張被太陽曬得黝黑的臉，他們在駱駝上時而放聲高歌，時而你追我趕，精彩的騎術讓三人看得心曠神怡。張小開興高采烈地衝他們揮手致意，他們也報以友好的微笑。

司機用英語和「校園三劍客」聊了起來。他見多識廣，說話富於文采。張小開問他是不是詩人，他搖頭說自己不是詩人，他說話的方式深受《古蘭經》的影響。

「開羅是世界上最美麗的城市之一，」司機自豪地對「校園三劍客」說道，「早晨，太陽從湛藍的天空

升起，它那黃色的、滾燙而耀眼的光芒照在褐色的、赤色的和白色的沙上，映出的影子像沙上的剪影一樣輪廓分明。這是一片永世陽光普照的荒野，很少有氣候的變化，沒有雨、雪、霧、雹，也很少有雷聲和閃電。這裏空氣乾得要死，遍地都是五穀不生的沙礫和硬得發脆的土塊。

「就在這塊土地上，奔流着偉大的尼羅河，它是眾河之父，是『萬物之父』，如果沒有這條世界上最長的河流，埃及國土可能就是撒哈拉大漠的延伸。尼羅河源

遠流長，每逢汛期，河水就溢出兩岸，淹沒沙地，吐出肥沃的泥漿。水退以後，河邊的乾土和沙地已經浸透，黃水所過之處長出綠色的植物，莊稼發芽了，成熟了……正如2,500年前希羅多德所說，埃及是『尼羅河的禮物』。」

　　司機像一位博學的大學問家，侃侃而談，「校園三劍客」聽得津津有味。

　　「在埃及這片被太陽烤焦的土地上，城市裏的禮拜寺尖塔林立，住着膚色不同的民族，狹窄的街道熙熙攘

攘，語音雜沓，寺廟、廳堂和陵墓的斷壁殘垣間，到處有人頂禮膜拜。」

「給我們説説金字塔吧。」白雪提議道。

司機一聽，又來了興致：「驕陽下的荒沙上矗立着金字塔。開羅周圍有六十七座金字塔排列在『驕陽的操場』上。這裏還伏着巨大的獅身人面像，它頭上的鬃毛已經被磨平，眼睛和鼻子也變成了黑洞，這是馬穆魯克人用它的頭作炮靶演習射擊的結果。埃及幾乎到處是象形文字，古埃及人是世界上最喜歡寫字的民族。假如有人想把開羅埃福寺裏的象形文字抄錄一遍，每天從早抄到晚，二十年也抄不完。」

埃及文化令「校園三劍客」心馳神往，沙漠美景讓他們心曠神怡，白雪不禁感歎：「這裏的景色真是太美了！」

正侃侃而談的司機聽了，哈哈一笑道：「這還不是最美的，沙漠最美的時候是在傍晚。夕陽把一切都塗上一層深紅色，和天邊的彩霞交相輝映，那才是美不勝收呢！你們中國不是有句詩『大漠孤煙直，長河落日圓』嗎？就是那種意境。」

　　楊歌欽佩地說：「你居然知道我們中國的古詩，真是了不起！」

　　司機微微一笑說：「你們中國和我們埃及一樣都是文明古國，有着光輝燦爛的文化。我對中國一直都充滿興趣，還曾經自學過中文，總想有機會到中國去看看。你們既然來自中國，一定要多給我講講中國的故事啊。」

　　「校園三劍客」聽了，心中都特別高興。尤其是張小開，馬上就滔滔不絕地向司機講起了萬里長城、故宮和中國各地的名勝古跡，司機也聽得很入迷。

　　在經過兩個多小時的行車後，一座半球形、銀白色、富有現代氣息的建築——「古埃及金字塔研究中心」——在地平線上出現了，「校園三劍客」頓時眼前一亮。司機告訴「校園三劍客」說，這座研究中心素有「古埃及神秘世界最傑出探索者」之稱，距獅身人面像大約有五十公里。

　　汽車在研究中心的門口停了下來，「校園三劍客」下了車，向司機揮手告別。這時，邁克已經等在門口

了。在邁克的帶領下，三個人進入了這個世界馳名的研究中心。研究中心的大廳是一個小型的博物館，陳列着古埃及各個時期的木乃伊珍品。這些木乃伊外裹金黃色的蠟衣，臉上罩着黃金面具，不論從製造工藝、表情特徵，還是木乃伊兩手交叉放在胸前的姿勢，都顯示出一種尊貴與威嚴。邁克看「校園三劍客」對木乃伊很感興趣，便為他們講起了關於木乃伊的一些知識：

「……古埃及人認為，人死之後，天神奧西里斯將根據每個人在人間的所作所為對其進行審判，而肉體僅是靈魂在人世的『住宅』，沒有『住宅』的靈魂，不能進入奧西里斯國。為此古埃及人千方百計保護屍體的完整，他們把死者的屍體塗滿香油、浸泡在防腐液中，再施以松香。松香在波斯語中叫做『木米伊』，所以敷過松香的屍體便稱為『木乃伊』……在防腐程序完成之後，還要用特製的化妝品為臉部上妝，再用在香油中浸泡過的布條將屍體層層包裹起來。最後，在木乃伊的臉上戴上黃金面具，身體也用黃金包裹起來……」

他們幾個邊走邊聊，不覺來到了大廳中央。他們看見大廳正中擺放着一具棺材，這具棺材已經略有損壞，

但那精緻的雕刻、富麗的裝飾都顯示出這是法老專屬的棺木。三個人圍了上去，左看右看，上看下看。忽然，白雪喊道：「你們快來看，這裏有字……可惜是金字塔文，看不懂。」

邁克走上前來，掃了一眼棺木內側刻的文字，說：「這是一句可怕的咒語：『擾亂靈魂之安息者不得善終。』」

「好可怕的咒語！」白雪自言自語道。**三人都感到一股寒意穿透脊背。**

看到他們臉上驚恐的樣子，邁克笑着說：「別緊張，這只是一直流傳在考古界的一個傳說。據說如果有誰膽大包天闖入法老安息的地方去擾亂他們的安寧，他最終就會因法老的毒咒而斃命；凡是與埃及古代統治者陵墓有過接觸的人，不論他們採取什麼方式，或是出於什麼動機，法老王對他們的報復總是一視同仁的……」

「真有這樣的事？」張小開又緊張又害怕地問。他之前看金字塔的資料時多少知道一些「法老詛咒」之事，但了解得並不太詳細，老實說，也不太相信。

「這也是關於金字塔的一個未解之謎，」邁克為他

們講起了「法老詛咒」的神秘傳說，「『法老詛咒』事件中最有名的是『卡莫洛爾遇難事件』。1922年，在埃及考古學家卡莫洛爾的率領之下，一支考古隊到達了圖坦卡蒙陵墓。當他們通過曲折的階梯下到墓中的一扇門時，隊員們看見門上有一幅畫着一隻豺狼和九個囚犯的圖畫。他們打開門，沿着長廊往前走10米後，又遇見另一扇門，這扇門通往一間十分寬敞的房間，裏面有不少稀世珍寶。但是使他們大驚失色的卻是刻在一塊泥塑板上的字：『死亡將張大翅膀扼殺敢於擾亂法老安寧的任何人。』

「隨後，他們在另外一尊神像上，又見到了這樣一段文字：『與沙漠的酷熱配合，迫使盜墓賊逃之夭夭，專司保衞圖坦卡蒙陵墓之職者正是我！』一年之後，正準備着手開掘圖坦卡蒙法老陵墓的卡莫洛爾突患重病身亡。他死之前，發着高燒連聲叫嚷：『我聽見了他呼喚的聲音，我要隨他而去了。』事隔不久，考古隊的另一位考古學家莫瑟也因染上了一種近乎神經錯亂的病症而斃命。X射線專家道格拉斯·里德，世界上第一個給法老木乃伊拍X光照片的人，不久也日益虛弱地離開了人間，

成了法老墓的犧牲品。以後兩年，參與此項發掘工作的人員中，就有二十二人莫名其妙地暴斃。從此法老墓殺人的消息不脛而走，墓碑上的咒語更成了眾說紛紜的不解之謎。當時人們就紛紛議論這是冥冥中對不敬神者的報應。」

「後來呢？」張小開聽得驚心動魄，他既緊張又好奇地問道。

邁克接著說：「1924年，英籍埃及生物學家懷特抱著好奇心進入一座墓穴。令人驚奇的是，他參觀後就上吊自縊。臨死前，他咬破手指寫了千言遺書，聲稱他的死是法老墓的咒語造成的。這件事發生之後，埃及開羅博物館館長蓋米爾·梅赫來也親身對圖坦卡蒙法老的陵墓進行了探索。他一向不信『墓碑咒語』靈驗的說法，曾聲稱：『我一生與埃及古墓以及木乃伊打過多年交道，我不是還健在嗎？』然而，就在梅赫來考察陵墓後不到四星期，他突然暴病歸西，當時還不到五十二歲……」

「這到底是什麼原因？」楊歌不解地問道。

「可能是一種人類尚不知曉的病毒。1963年，開羅

大學生物學博士、醫學教授伊澤廷豪聲稱：根據他對死去的考古學家以及工作人員進行的檢查，發現所有人體內均存有一種能引起呼吸道感染和使人發高燒的病毒，可導致呼吸道發炎最終窒息而死。但墓穴中的這種病毒為何生命力如此頑強，竟能在木乃伊中生存4,000年之久，科學家們還不得而知。」

邁克的話令「校園三劍客」再次感到不寒而慄。

第九章　獵戶座之謎

在大廳裏，「校園三劍客」又看到了許多古老的文物。給他們留下最深印象的文物是歷史上一位著名法老海夫拉的華麗塑像：這座塑像是用一塊極堅硬的花崗岩石頭——黑閃長岩雕刻的。它的表面精緻光滑，看起來像金屬一樣。雕塑中的海夫拉坐在王位上，他的臉上流露出權力的威嚴和愛。他的頭上環繞着一隻展着雙翅的隼，這隻隼落在海夫拉的肩膀上，顯得精緻而華美。邁克説這是世界上最偉大的藝術品之一，它的作者一定是那個時代中的「米開朗基羅」。至於他是如何只用銅具就把堅硬的閃長岩雕刻得如此完美，則仍然是個謎。

「校園三劍客」在邁克的帶領下盡情地欣賞着古埃及文明的遺物。不過，他們並不滿足，他們覺得自己雖然擁有了關於金字塔的一些知識，但並未接觸到它最核心與實質的東西。

「我們能看到的東西就只有這些嗎？」楊歌問。他

心中對於解開金字塔之謎依然茫然沒有頭緒。

張小開也説：「是啊，這些材料在許多書上都有記載。如果光憑這些材料，我們恐怕沒有辦法解開金字塔之謎。」

看到他們迫不及待的樣子，邁克笑了起來：「看來你們是等不及了。坦白説，我們這裏保存着世界上所有關於金字塔的資料。但是因為目前人類對金字塔的研究並沒有重大的突破，我們所能提供的資料，只是目前世界上最新的發現和一些考古學者、科學家們不同的猜想，這些都是沒有經過實踐的驗證。跟我來，帶你們去看看研究中心的核心機密。」

他們三個聽了邁克的話，頓時眼睛一亮，臉上洋溢着興奮的神情。他們緊緊跟着邁克，穿過大廳一側的小門，又走過一條曲曲折折的長廊，來到一扇緊閉着的金屬門前。門是銀白色的，在燈光照耀下，泛出幽藍色靈幻般的光芒。邁克介紹説：「這就是我們中心的心臟電腦——網絡控制室。這裏的一切都要求絕對清潔，絕不能有一點兒灰塵。這扇門是用一種高科技的金屬合金製成的，具有超強的抗腐蝕和防輻射能力。」

他按動牆上的密碼鎖，門無聲地開了，裏面是一條長長的通道。邁克解釋說：「為防止污染進入，進入前先要接受一種特殊光波的照射。」

他話音剛落，一束束藍紫色的光芒從四壁射出，照在他們的臉上和身上。經過這番「洗禮」之後，他們又進入了一間小房間，在這裏換上了一身鈦白色的宇航服一樣的衣服，這才進入大廳。整齊寬敞的大廳裏空無一人。邁克說這是他日常辦公的地方。

「你一個人在這裏嗎？」

「可以說是，也可以說不是。」邁克笑着說，「這裏除了我以外，還有三名機器人職員。因為我們這裏的工作屬於國家機密，所以用機器人比較放心。」

「怎麼沒有看見？」

「嗯，他們只在需要的時候出現。你知道，有的機器人看起來並不那麼舒服，還有一點就是，他們也許並沒有固定的樣子。」

正在說着的時候，突然聽見一個電子聲音說道：「先生。」

三個人嚇了一跳，又聽見這個聲音說：「您要的飲

料和糕點已經準備好了。」

　　三人這才發現，原來這個聲音是前面一個長得像垃圾桶似的傢伙發出的聲音。

　　「好的，苔絲，你去整理文件吧。」邁克滿意地說。

　　只聽見那個「苔絲」說：「是的，先生。」便從旁邊溜過去，經過三人旁邊時還說了聲「你們好」。

　　「你們先和我到放映室來。」邁克說着把「校園三劍客」領進一間不大的房間裏。房間裏有大約十幾個座位。他們在最前排的沙發上坐下。邁克坐在最邊上，在控制台上按了一個按鈕，又敲了幾個鍵，房間裏的燈慢慢暗了下來，一台放映機放出了一部沒有片名的資料影片。影片的畫面很美，並且是激光全息圖像、立體聲，給人身臨其境的感覺。

　　首先映入「校園三劍客」眼簾的是戴着面具、圍着火堆、正在舉行儀式的原始非洲部落，影片的敍述令他們驚訝不已：

　　「……在非洲莽莽叢林裏，有一個**多貢族部落**。這個部落每六十年舉行一次稱為『錫圭』的儀式。在儀式

中祭司們戴上面具表演一種複雜的舞蹈,這是一種復活的儀式,朝拜的是天空中最亮的星星——天狼星。

「……五十年代,法國人類學者格里高爾和迪爾德林通過研究多貢人部落,意外地發現多貢人擁有關於天狼星和肉眼看不見的叫做『白矮星』的伴星天狼星B行星的知識。後來,英國天文學家羅伯特‧坦普爾讀到他們寫的論文,感到十分迷惑不解:科學家是在1970年才拍到第一張天狼星B行星的照片;只有使用高倍望遠鏡才可勉強看到天狼星B行星;即使在今天,大多數人對天狼星B行星也一無所知,原始的多貢人是如何在五十年代之前就掌握了有關天狼星B行星的準確資訊呢?

「……更讓人不解的是,多貢人好像通過什麼途徑已經保存了與這顆星星有關的實際記錄。這些記錄以宗教面具的形式保存了下來,有些面具已經有幾百年的歷史並且存放在洞穴中。他們與這顆星星的牽連令人奇怪:他們的知識源於何方?

「……坦普爾認為,既然他們的知識顯然並非來源於現代天文學,那一定起源於祖先,很可能是多貢人移居到現在的家園——撒哈拉大漠南邊的馬里之前流傳

下來的。在古埃及，天狼星被認為是天空中最重要的星星，與埃及人熱愛的女神烏納斯一樣重要。

「……科學家證實，多貢人所知道的事的確已有五千年歷史，而且古埃及人在公元前3,200年的時候就已經擁有這方面的知識了。」

……

半個小時之後，關於多貢人的影片放完了，邁克又在控制台前調出了另一部影片。在這間隙裏，「校園三劍客」展開了對這一奇特發現的熱烈討論：

「非洲原始部落在五千年前就對天狼星瞭如指掌，這未免太不可思議了。」

「是誰傳授給他們這些天文知識的？」

「多貢人的知識莫非與金字塔有關？」

……

小房間裏的光線暗了下來，放映機又放出了另一部影片。這部影片的敍述再一次深深地吸引了「校園三劍客」：

「……1993年3月22日，德國遙控機械裝置工程師魯道夫‧甘特波瑞克往胡夫金字塔王后墓室的南通道上

方送進一個小型遙控機器人。機器人進到約65米時停了下來，並送回一張看似一座小門的錄影圖片，在小門底下有一條讓人感興趣的縫隙。

「……那扇小門暗示着後面還有東西，也許是間墓室。如果真有墓室存在的話，金字塔自建造以來，就從未被掠奪過，因為兩端的通道是封閉的。這就意味着不論古埃及人可能在墓室裏放了什麼東西，這些東西都至少有4,400年沒有被打擾過，並且目前還在那裏。如果金字塔建造者費煞苦心地把墓室隱藏起來，墓室一定是非常重要的，可能比去世的法老還要重要，可能暗示着這裏是他們的宗教中心，與他們最初建造金字塔的動機有關。

「……大金字塔裏有四條很長時間以來都令人們感到困惑的狹窄通道。這些通道象徵着什麼呢？現在已經非常清楚，它們並非主要用來通風，它們所指的方向非常重要，都指向古埃及人認為非常重要的特定星空：**國王墓室的南通道指向與奧西里斯神有關的獵戶座的腰帶；而王后墓室的南通道指向天狼星。**這些指向並非偶然，很可能與建造金字塔的目的有密切關係。

「……相傳，奧西里斯來自獵戶星座大犬星羣的天狼星。在保留下來的金字塔文字中，有許多關於『星星的種子』的記載：如『噢，偉大的奧西里斯王是一顆不朽的星星，蒼天女神的兒子，他乘着燃燒着熊熊烈火的星星的種子從天而降』；『你的到來帶來了天國的金屬──鐵，你給我們的世界創造了無限的神奇，噢，當你離去時，我們的眼中滿含着淚水，我們要把你從天國帶來的貴重金屬歸還給你，與你一同埋葬』；『我的骨頭是天上掉下來的神鐵，我的四肢是不朽的星星』……」

……

一小時後，電影全部結束了，燈光再次亮了起來。

「太讓人驚訝了，」張小開説，「我過去看的書只説古埃及人崇拜太陽。沒想到他們對星星那麼感興趣。」

邁克搖頭道：「很長時間以來，考古學家們都認為古埃及人的崇拜物是太陽。但這些年的研究表明，太陽並不是古埃及人的圖騰，他們真正的圖騰是星星。」

白雪馬上反應過來，問：「是天狼星嗎？」

邁克讚許地點點頭：「你的聯想力不錯。確實，天狼星是他們非常景仰的星星之一。不過，更準確地説，

他們崇拜的是**獵戶星座**。」

邁克的話音未落，突然，大家聽見楊歌發出「啊」的一聲呼喊。

「怎麼啦？」白雪關切地問。

「你們看！」楊歌手指牆上貼的一幅大照片喊道。照片是從天空中往下拍的彼此相連的三座金字塔的照片。

「怎麼啦？這幅畫有什麼不對嗎？」張小開問。

「這是一張二十世紀五十年代由埃及空軍拍攝的金字塔照片，兩座大金字塔是胡夫和海夫拉的金字塔，小的那座是孟卡拉金字塔。從任何一本關於金字塔的書中都能看到它，算不上機密。你從裏面發現什麼非比尋常的事情了？」邁克也很驚奇地問道。

「你們發現沒有，孟卡拉金字塔奇怪地偏離了兩個較大的金字塔的直線排列。」楊歌説。

「嗨，我還以為你從這張照片裏看見UFO了呢，原來是這個。這不是司空見慣的事情嗎？」張小開有些失望地説。

「確實，這張照片裏沒有飛碟或其他令人吃驚的東

西。不過，它的確隱含着一個非常令人不解的現象。你們看，這三座金字塔每座都朝向子午線*南北軸，而且較大的金字塔都是向西南排成一條線。**可為什麼第三座金字塔比另外兩座金字塔小那麼多，並且不在那兩座金字塔相連的西南對角線上，而是稍稍偏向東邊？**這說明孟卡拉金字塔的規模和偏離是建築師有意選擇的，但這是為什麼？」楊歌問。

張小開笑着說：「這太容易解釋了：可能是建到最後沒有錢了，所以孟卡拉建得那麼小，還偏離了方向。」

邁克搖頭糾正說：「孟卡拉在位時，國家治理得比胡夫和海夫拉還要強大和富有，不至於沒有財力和人力建造自己的金字塔。」

張小開又猜測說：「也可能是孟卡拉時間緊迫，所以建了一座較小的金字塔。」

邁克還是搖頭：「這仍然缺乏證據。因為沒有證據

---

*子午線：也稱為經線，是為了測量地球而假設的南北方向的線，這條線在地球表面上連接着南極和北極。

72

證明孟卡拉體弱多病。相反，既然他的金字塔建在前兩座金字塔之後，他又不缺乏財力和時間，那麼，他的工匠應當有許多現成的石礦可以開採，還有工具、設備也不必臨時打造，更兼有豐富的經驗，應當比前兩座造得更豪華才對。可事實是，另外兩座金字塔比它高兩倍，規模大十倍。他怎麼會心甘情願建得如此之小呢？楊歌的發現很有價值，這確實是一個耐人尋味的問題。」

「這只能說明，孟卡拉早就知道他的金字塔應該此其他兩座金字塔小得多。這個建築物是提前設計好的，孟卡拉一定贊成這個設計。他為什麼贊成這個設計呢？無論怎麼看這件事，解釋總有缺陷。唯一的解釋只能是：這些金字塔是一項統一工程的一部分，而不是屬於這個或那個法老。**它們是一個統一計劃、統一設計的建築羣**。很可能和古埃及的星星宗教息息相關。」楊歌侃侃而談。

「啊，太有道理了，不愧是思維敏銳的專家，一下子就看出了問題的癥結所在。」邁克擊節讚歎。

「可是，它們為什麼要這樣排列呢？這裏面隱藏着什麼奧秘？」楊歌陷入了沉思。

第十章　金環蛇

邁克通過與「校園三劍客」的交談，發現他們雖然是孩子，但思維的敏捷程度、想像力的活躍程度、聯想力的發達程度遠遠高於一般成人，甚至高於學富五車的博士和大學者們。他隱隱地感覺到，金字塔之謎，也許可以在這三個孩子的考察下顯示出本來面目。

「來，你們跟我來，我給你們傳送一份機密文件。」邁克帶着三人離開放映室，來到另一個小房間。

邁克走到一台電腦前，將一份文件加密傳送到張小開的手提電腦上，然後神色凝重地說：「最近我們通過最先進的射線透視法發現，在胡夫金字塔附近的獅身人面像下面，有一個巨大的迷宮。那裏從來沒有人進去過，誰都不知道裏面究竟有什麼東西。在迷宮的中心，科學家們估計可能隱藏着解開金字塔全部秘密的最關鍵的東西。剛才發給你們的文件是我們用儀器繪出的迷宮圖，你們可以通過它進入迷宮中心的墓室。這是機密，

你們一定要保存好。明天，你們就可以進入迷宮探險了，記住一定要萬事小心，提高警惕。你們三人裏，楊歌謹慎，白雪細心，小開機靈，你們團結配合，一定能探出金字塔的秘密。不過也不要急於求成，萬一出現什麼意外情況，一定要記住，安全才是第一位的。」

聽了邁克的這番話，「校園三劍客」又感激又激動，都恨不得立即進到迷宮裏去，把這個號稱「千古之謎」的秘密揭開。

邁克接着又説：「你們有什麼要求儘管説，我能幫你們的就這些了，往後的路只有你們自己走了，要隨機應變呀。」

三人點了點頭，張小開誇張地説：

「放心吧，我們會給世界一個驚喜的！」

「校園三劍客」離開研究中心的時候，邁克把全自動汽車的鑰匙交給了楊歌。他向「校園三劍客」講述了駕駛全自動汽車的方法，三人加起來用了不到15分鐘，就全都熟練掌握了駕駛全自動汽車的技巧。在回家的路上，他們輪流開車，痛痛快快地過了把車癮。

　　回到酒店，「校園三劍客」吃了晚飯，洗澡過後，便一起到酒店附近的沙丘上散步。

　　沙丘的夜晚非常美，夜空出奇的清澈，滿天的繁星似乎伸手可觸。

　　楊歌抬頭凝視着星空，他看見在漆黑夜空的襯托下，南邊高高的天空上，一束燦爛耀眼的光組成弧形，幾乎給他們劃出了天赤道的曲線。這就是銀河，像天上的一條大河。在它的西「岸」有稀稀拉拉的一組星星，比周圍其他的所有星星都亮。楊歌一眼就認出那是獵戶星座。

　　張小開和白雪此時聊興正濃。張小開說：「白雪，一旦獵戶座升起，你知道怎樣才能找到天狼星嗎？」

　　這可難不倒白雪，她想了想，便指着天空說：「你首先必須找到獵戶座腰帶上的三顆星星。這三顆星排成一行，你把這條直線向下延伸到地平線上。當腰帶上的星星升起約為20度時，天狼星跟着這三顆星指向地平線的某點。」接着，她指着冒出地平線的亮星，說：「瞧，那便是天狼星。」

　　白雪的話一下子啟發了楊歌。他突然想起了下午資

料影片中的一段台詞：「天國已經在獵戶座的地方抓住了國王的手……噢，奧西里斯王……願去天國的樓梯把你送到獵戶座的地方……」

於是，他朝着獵戶座大聲喊道：「你們兩個，快看哪！」

張小開和白雪認真地看着獵戶座，可他們什麼也沒有發現。張小開問：「楊歌，你看見什麼了……」

楊歌平靜地説：「基沙的三座金字塔。」

「什麼？」張小開驚訝地問，然後，他把手放在了楊歌的額頭上，説，「喂，天上有金字塔？你沒有發燒吧？」

「不，天上確實有金字塔。」白雪凝視獵戶座良久後，説道。

張小開聽白雪這麼一説，也專注地凝視天空。突然，他恍然大悟，明白了楊歌的意思：獵戶座腰帶上的三顆星星中，有兩顆極亮，一顆較暗，並且較暗的那顆星偏離了兩顆較大星星的直線排列。這正好與下午楊歌從照片中看到的金字塔的排列相對應——三個金字塔中，有兩個大，一個小，且小的那個金字塔偏離了兩個

大金字塔的直線排列。

　　莫非在冥冥中，地上的金字塔與天上的星星真的有着神秘的聯繫？

　　「校園三劍客」默不作聲，陷入了沉思。

　　回到酒店以後，三人開始準備第二天出發的行裝。張小開整理邁克發送到他手提電腦裏的文件；白雪準備了一些應急的藥物；楊歌則重新翻了翻從國內帶來的資料。

　　他們勞累了一天，都很想快點睡覺了。楊歌提醒白雪和張小開把鬧鐘撥到六點鐘，因為早點行動方便些。

　　楊歌又對張小開説：「你要是醒不來，就等着木乃

伊來掐你的脖子吧！」

　　大家都笑了。

　　第二天不到六點，白雪就醒了。她從牀上坐起來，仔細傾聽，隔壁一點動靜都沒有，不知道楊歌他們有沒有醒。

　　白雪拉開窗簾，天剛蒙蒙亮。她打開窗戶，一股冷氣竄進來，她禁不住打了一個冷戰，心臟也「怦」地猛跳了一下。

　　白雪忽然覺得有點害怕。她走進浴室，想快點兒洗漱好了去找楊歌他們。

　　白雪匆匆地梳頭髮。這時，她聽見隔壁的浴室傳來自來水的流水聲——看來楊歌或者張小開也已經醒了，在那邊的浴室裏梳洗。

　　白雪開始刷牙。刷着刷着，她突然覺得渾身不自在，總覺得好像有什麼人就站在她背後……

　　她慢慢地抬起頭，可是鏡子裏面除了滿嘴泡沫的自己外，什麼也沒有。白雪這才鼓足勇氣轉過身來，沒有人。

就在她低頭的一剎那,她差一點叫了起來:一條又粗又大的金環蛇盤在門邊,正昂着頭,鼓着腮幫子盯着她。牠那滿是利牙的大嘴不時地吐着蛇信子,「嚇嚇」作響。

要是常人,早就被嚇暈了。但白雪不是普通的女孩子,她從小處事就很膽大沉着,並且對生物學非常精通。眼前的這條蛇她一眼就認出是沙漠裏最毒的一種毒蛇──金環蛇。如果讓牠咬着,又不及時醫治,不出一小時,人就會斃命。在這種危險動物面前,如果驚皇失措,一定會壞事。可是,她又不能喊楊歌或者張小開來幫她。因為蛇類是通過聲音來分辨進攻對象的,一旦出聲,反而會被蛇咬。最糟的是,蛇就盤在了門邊,她根本沒有退路。

怎麼辦?汗水從白雪的額上大顆大顆地滴下。突然,她腦中閃過一個畫面,那是電影《尼羅河慘案》:大偵探波洛也遇到過白雪這種情況。當時,正好隔壁有人,波洛就用牙刷在牆壁上兩短一長地敲三下,向隔壁的人發警報。隔壁的人得到波洛的警報,便舉着劍,衝到波洛那裏,將蛇刺死,救了波洛。

她為什麼不能這樣做呢？

白雪的心一下子鎮定下來。為了防備金環蛇聽到聲音會撲上來，白雪先躡手躡腳地爬上洗手台，再舉起牙刷，在鏡子的玻璃上「砰——砰——砰」兩短一長地連續敲擊着。

那兩短一長的聲音分明是在向隔壁浴室裏的人發警報：

「SOS、SOS、SOS⋯⋯」

正在隔壁浴室洗漱的楊歌聽見了白雪敲鏡子的聲音。他先是愣了一下，然後很快反應過來，放下手中的毛巾，快步出了浴室，走到牀邊搖醒張小開。

張小開正要開口問幹什麼，就被楊歌一把捂住了他的嘴。

楊歌附在張小開耳邊輕輕耳語。張小開點頭會意，從牀上坐起，趿上了拖鞋。

兩個人悄悄地向白雪房間走去。張小開順手帶了一把鋒利的匕首，楊歌拿了一根電擊棍——這都是昨天離開研究中心時邁克給他們的防身之物。

楊歌輕輕地打開了浴室的門。

門裏的情景讓他們吃了一驚：白雪面無血色地站在裏面，手裏拿着還有泡沫的牙刷，不時輕輕地敲着牆壁；門口，是一條兇神惡煞的毒蛇，牠墨綠的身體發着幽幽的暗光，一條又細又長還分叉的紅信子就要碰到白雪的身體。看着那又大又扁、鱗片粗糙的腦袋，他們想起白雪曾經跟他們説過的金環蛇，那是埃及最毒最兇猛的蛇，就算是大象，被牠咬一口也會沒命。

説時遲、那時快，楊歌向張小開示意，自己舉起電棍狠狠地向金環蛇砸下，金環蛇受到電擊，猛地轉過身，向楊歌躥來。張小開急速揮刀，將牠斬成兩截。鮮血從金環蛇的傷口處噴湧而出，濺了張小開和楊歌一身。蛇還在地上蠕動着，白雪急忙衝出浴室，抱來牀上的被子，用力扔過去罩住那蛇，免得牠蹦起來還會傷人。

「三劍客」看着被子裏的金環蛇掙扎的動靜越來越小，直到後來徹底平靜下來，才算鬆了口氣。此時，他們已經感到筋疲力盡了。

三人來到客廳裏，要打電話讓人來處理金環蛇的屍

體。

　　一進大廳，張小開眼睛盯着放在桌上的手提電腦，大叫道：「誰動我的電腦了？」

　　白雪有氣無力地説：「剛才人都快死了，誰動你的電腦？」

　　張小開執拗地説：

　　「我的電腦我還不知道。不行，一定是誰進了這個房間，我要問問。」一面説着一面走過去要打電話。他剛提起電話，楊歌突然説：「你等一下。」

　　張小開怔怔地問：「怎麼啦？」

　　楊歌接過電話，摘下聽筒上一個不易察覺的黑色小圓粒，説：「這是什麼？」

　　「竊聽器！」張小開和白雪不約而同地説道。

　　「有人在監視我們！」

　　「是誰？」

　　「除了酒店的招待員，沒有人進來過。」

　　「表面上是這樣，誰能保證我們不在的時候沒有人進來過？」

　　「有可能。還有那條蛇，如果不是有人放進來，牠

也不會無緣無故地跑到白雪的浴室裏。」楊歌分析道。

　　他的話令白雪和張小開毛骨悚然：竊聽器和金環蛇分明表示他們三人不但被監視着，還隨時可能遭遇毒手。

　　監視他們的人會是誰呢？為什麼要加害三個孩子？他有什麼陰險的目的？

第十一章　獅身人面像

當「校園三劍客」開着邁克的全自動汽車跨過尼羅河大橋，穿越寬闊的金字塔大街，來到金字塔面前時，三人情不自禁地歡呼起來。

三人從汽車中出來，巨大的金字塔豁然出現在他們眼前。這是他們三個第一次在近處見到真正的金字塔。儘管在此之前他們曾經無數次地在電視電影上見過，但這種身臨其境的感覺確實前所未有。一座座如此雄偉的金字塔，神話般地矗立在那看似無邊無際的沙漠上，在陽光下閃亮。它們是如此地完美和高不可攀，似乎在開天闢地的那一刻它們就已經存在。它們默默無語，冷冷地俯瞰着世界上的一切。當人們置身於此的時候，只能感到個人的渺小、世界的神奇。

「它比我想像中的大多了。」白雪感慨地説。

「那當然啦，要知道我們眼前的這座胡夫大金字塔，比意大利羅馬的聖彼得教堂大三倍，此美國紐約的

自由神像高54米。」張小開不失時機地炫耀自己金字塔方面的知識。儘管現在白雪和楊歌在這方面的知識並不遜色於他。

「白雪，」楊歌仰望着金字塔的塔尖說道，「你猜我想起了一句什麼詩？」

「什麼？」

「念天地之悠悠，獨愴然而涕下。」

張小開不理他們兩個，竟然躺在地上，閉上了眼睛。

白雪驚訝地問：「小開，你怎麼了？」

張小開衝天大叫一聲，用一種自言自語的口氣說：

「你們都不知道躺在這裏往上看是一種什麼感覺，啊，真想死在這裏呀。」說着，便把手裏的東西一扔，又閉上了眼睛。

白雪笑着說：「你是瘋了吧？」說着，便和楊歌一起把他拽起來。

繞過巨大的胡夫金字塔，「校園三劍客」又來到了著名的獅身人面像面前。他們再次被眼前巨大而宏偉

的建築所震撼：它高高地、威武地屹立着，歷經數千年烈日風沙侵蝕，外層紅色的膠質保護層大部分已經剝落，石像的鼻和口也都深陷，好像被人打扁一樣，面目全非，但整個建築物透出的威嚴和肅穆，卻依然令人敬畏。

在獅身人面像前面，「校園三劍客」遇到了一羣趕早來參觀金字塔的遊客。一位漂亮的金髮女導遊用英語給大家講述獅身人面像的歷史：

「獅身人面像又叫『司芬克斯像』，高約20米，長57米，一隻耳朵就有兩米高。整個獅身人面像是在一塊巨大的天然岩石上鑿成的。傳統考古學家告訴我們，獅身人面巨像是在大約公元前2,500年，

埃及法老海夫拉統治時期修建的。據說當年海夫拉巡視墓碑時，為沒有一個體現法老威儀的標誌而不滿。一位石匠投其所好，建議利用工地上一塊2,000噸重的巨石雕成一座象徵法老及其智慧的石像，於是就有了馳名世界的司芬克斯獅身人面像。

「然而科學家們通過比較獅身人面像的腐蝕程度與金字塔的腐蝕程度，發現獅身人面像比人們認為的年代可能早一倍，也就是說，獅身人面像在海夫拉出世時就已經屹立幾千年了，它至少有9,000年的歷史。然而，我們人類的歷史也不過5,000年，到底是誰建造獅身人面像呢？這也是個不解之謎。」

導遊的話立刻在遊客中引起了反響，遊客們議論紛紛。「校園三劍客」的心中，也激蕩起好奇的漣漪。導遊又指着獅身人面像兩爪之間的一塊大理石碑說：

「這塊大理石碑上面記錄着公元前15世紀圖特摩斯四世法老的奇異經歷：一天他外出捕獵小羚羊時，坐在獅身人面像的陰影裏睡着了。夢中他得到啟示，只要他把獅身人面像上的沙土掃掉，他就會得到埃及的王位。他真的掃了沙土，也真的得到了王位。後來，其他法老

也來此掃沙……」

離開那羣早來的遊客，「校園三劍客」根據頭一天邁克告訴他們的方位來到了獅身人面像後頭一個很不顯眼的入口處。一個高大威猛的黑人士兵攔住了他們。「校園三劍客」向他出示了邁克為他們開的通行證，士兵向他們點點頭，很有禮貌地說：「原來是三位小專家啊。剛才已經有一位專家先進去了。」

「還有一位？是邁克嗎？」楊歌問道。

「不是，是一位叫唐金的先生。」士兵說。

「嗨，這地方又不是只對我們三個人開放的。我們可以進去研究，別人只要得到埃及政府的許可，也同樣可以啊。問這麼多幹嗎？」張小開不耐煩地說。他太想馬上進入獅身人面像裏面進行探險了。

「可邁克昨天說過這是國家機密啊。」楊歌心中仍然疑慮重重。

「校園三劍客」彎着腰鑽進了獅身人面像的三角形入口。一進入獅身人面像裏，沙漠的酷熱和城市的嘈雜就被頭頂上的巨石濾得一乾二淨，三人心中油然而生的

是恍惚的隔世感。

「大金字塔的入口也是這樣的三角形，」張小開永不停歇的嘴巴又呱啦呱啦説起來，「這種三角形用得很巧妙：因為如果不用三角形而用四邊形，那麼，一百多米高的金字塔本身的巨大壓力將會把出入口壓塌。而用三角形，就把那巨大的壓力均勻地分散開了。在幾千年前就對力學原理有這樣的理解和運用，並創造出這樣的構造，真是了不起啊！」

他們借着一盞高能探照燈照明，前行了大約十餘米。墓道一分為二，其中一條陡然而下。由於過分狹窄，三人不得不屈膝彎腰，蹲着前行。墓道裏的空氣極稀薄，且夾雜着陳腐的惡臭，令人聯想到阿鼻地獄。因為這裏已經5,000年沒見過太陽光，在這裏，三個人首次體會到什麼是可以聽到的寂靜，什麼是可以看到的黑暗。

三人往下走了大概一百多米，墓道逐漸變得寬敞，墓道兩旁的牆壁上還可以看見許多美妙絕倫的金字塔文字和繪畫。但是他們都不敢去摸，誰也不知道會發生什麼事情，也許每一步都暗藏殺機。

終於，他們來到一個比較大一點的墓室裏，這個墓室裏有十幾個門，往裏走的通道錯綜複雜——他們已經到達迷宮的入口處。

「啊，這還真像那天我做夢時夢見的古墓呀。」張小開突然大聲說道。

話音未落，便聽見好幾聲「墓呀」、「墓呀」、「墓呀」的回聲，然後又有輕輕的像是從比較遠的地方傳來的噼哩啪啦的響聲。

「是什麼東西響？」白雪問。

張小開壓低了嗓子說：「是蝙蝠。」

「你怎麼知道的？」

「我見過，在夢裏。」

三個人都細聲地笑了起來。

十幾個門，該走哪一個呢？這又到了考驗「校園三劍客」的時候了，楊歌對張小開說：

「小開，快把電腦打開，開啟昨天邁克給我們的迷宮圖文件。」

張小開點點頭，取下背在背上的手提電腦，開始擺弄起來。楊歌和白雪一邊等待着，一邊觀察周圍的地

形。忽然，他們聽見張小開低聲地説：

「糟了。」

「怎麼啦？」楊歌和白雪異口同聲地問。

張小開抬起頭，沮喪地説：**「我電腦裏的迷宮圖，讓人給刪了。」**

楊歌和白雪大吃一驚，忙問張小開是不是弄錯了，是不是放在哪個文件夾裏自己忘記了。

張小開肯定地説：

「別的事情不講，電腦我還能弄錯呀，一定是誰把它刪掉了。」

楊歌站起身來，咬着嘴唇想着。早上的一幕幕在他腦子裏飛快地閃過。突然，他恍然大悟，説道：

「這麼説早晨果真有人進過我們的房間……我知道了……你們還記得昨天我們剛到酒店房間的時候，有個招待員藉口送東西，打了我們的電話。我猜聽筒上的竊聽器就是他打電話時給裝上的，然後他就一直在監視着我們。通過竊聽器，他知道邁克和我們的事情，也知道了迷宮圖。為了得到這張迷宮圖，他今天早上在白雪的房間裏放了毒蛇，目的不過是調虎離山騙我和小開離開

客廳，然後乘我們手忙腳亂地對付毒蛇的時候，把迷宮圖複製下來，並且把張小開電腦裏的圖刪掉！」

「那我們現在應該怎麼辦？沒有迷宮圖，我們根本沒有辦法到達迷宮中心。」白雪說。

「不如我們趕快回去找邁克再要一張圖，他肯定有備份的。」張小開說。

「等等，」楊歌攔住他們說，「我們不能走！」

他倆疑惑地看着楊歌，問道：

「為什麼？」

「你們想一想：盜走迷宮圖的這個人，雖然我們目前還並不知道他是誰，但他既然得到了迷宮圖，肯定會有所行動，而且，我相信絕對不會是什麼好事情。從這裏到邁克那裏，至少要兩個小時，在這期間，盜走迷宮圖的人肯定已經達到他的目的，逃之夭夭了。」

「現在，」楊歌壓低聲音，很嚴肅地說，「他應該已經到了這裏，說不定就是剛才那位黑人士兵說的所謂『專家』，**我們沒有時間回去了**，我們必須用自己的智慧，搶先一步趕到迷宮中心，制止他的陰謀！」

第十二章　走出迷宮

「**校**園三劍客」像沒頭蒼蠅一樣在巨大的迷宮中轉悠着，已經好幾個小時了。

「哎喲，累死我了！」張小開癱坐在地上有氣無力地説，「走了這麼久，怎麼還是去不到迷宮中心呀？到處黑漆漆的，即使打着高能探照燈也看不清前面的路！」

「是啊，我們好像越走越迷糊了。你瞧，走到現在，連剛才來時的入口都找不着了。」白雪的話裏也透露出焦灼和恐懼。

這時，張小開打了個噴嚏。立刻，黑暗中傳來「撲啦啦」的聲音，無數的動物帶着涼風掠過耳邊、頭頂。有一種像是皮質的東西軟軟地撫過他們的皮膚。張小開突然想起吸血蟲，嚇得一下子倒在地上。抬起頭他才隱約辨認出那些東西巨大的翅膀，然後，又認出了圓圓的頭的形狀——原來還是蝙蝠。

「不怕不怕。」張小開一邊按住胸口一邊安慰自己，「沒什麼的，蝙蝠而已嘛。蝙蝠又不會吃人，老祖先不就是和蝙蝠一起住在洞穴裏面嗎？繼續前進。」

陰森森的感覺從腳底下冒出來，和他那天在夢中所見幾乎一樣。

楊歌也焦急萬分。剛才，他心裏還充滿了自信，以為憑着他們豐富的探索迷宮的經驗，可以到達迷宮的中心。可是，他們現在所置身的迷宮比他們以前征服的迷宮要複雜幾十倍、幾百倍。他們已經快無計可施了。

忽然，楊歌聽見一個動聽的歌聲。

「你們聽……你們聽……」楊歌心馳神往地説。

「聽什麼？」白雪和張小開疑惑不解地問。他們倆什麼也沒有聽見。

「你們難道沒有聽見有人在唱歌嗎？」楊歌問道。

「沒有，你不會是累壞了？出現幻覺了吧？」張小開説。

「幻覺？不！」楊歌搖頭説。

他現在清晰地感到，那若有若無的歌聲不是他的耳朵聽見的，而是他的大腦聽見的——歌聲彷彿未經他的

耳朵，直接通過頭皮進入他的大腦。毫無疑問，那歌聲是通過思維波傳播的，因此只有他楊歌才能感知到，白雪和張小開都聽不見。

楊歌頓時一陣激動，他相信自己的感覺不會有錯。他馬上閉上眼睛，放鬆全身，全神貫注地用自己的大腦去追蹤，捕捉這微弱的訊息。果然，他又發現了它的蹤跡，那麼的弱小，如果不細心體會就幾乎感覺不到它的存在。

「楊歌，你怎麼啦？」張小開大聲問道。

「噓，別吵！」看到楊歌一臉凝重的神色，白雪連忙朝張小開擺擺手，示意他保持安靜。昏暗中，大家安靜地坐了下來，只聽得見彼此的呼吸聲。

過了一會兒，神秘的思維波又來了，這次它的信號強一些了，楊歌很容易就感覺到了它的存在。就這樣，來來回回好幾次，它一次比一次靠近，每一次都比上一次要強烈一些，最後它乾脆縈繞在楊歌身邊，戀戀不捨。

楊歌放鬆自己，極力讓自己的思維波融入它，和它成為一體。這是一種很奇怪的思維波，似乎不屬於人

類，楊歌在此之前從來沒有接觸過和它類似的思維波。但是憑直覺，他感到它沒有惡意，它是友善的，似乎還想告訴他一些東西。終於，楊歌駕馭了這股思維波。

它在唱歌，在憂傷地吟唱着一首動聽的歌，婉轉的曲調、動人的旋律，音符一個個跳躍着，音樂通過腦電波流向楊歌的腦海裏，緩緩地將他整個包圍。楊歌感受到它心靈深處那無窮無盡的悲哀和孤獨，*那是遊子思鄉的情懷，是想回家的感覺。*

痛苦、無奈、懷念、嚮往、熱愛……如小溪流水，涓涓地流向楊歌的心靈，楊歌全副身心沉浸在音樂中。一幅幅美麗的畫面突然在他腦海裏閃現：青翠的竹林、潔白的荷花、夏夜的螢火蟲、深藍的夜空、明亮的月，還有媽媽那溫柔的微笑……

「回家，回家……」他喃喃着，淚緩緩地順着楊歌的臉頰淌了下來，他內心中最脆弱的那根心弦被悄然撥動，他，想家了。

「來吧，來吧，跟我走！」思維波似乎溫柔地召喚着，甜蜜地述説着，「來吧，來吧……」它一次次地來來回回，它想把他帶到某個地方去，它要他跟在後面。

楊歌情不自禁地站了起來，跟着它在黑暗中走着。

「嘿！楊歌，你去哪裏？」張小開從地上蹦起來，「等等我們呀！別把我們落下！」

楊歌對周圍的一切置若罔聞，他含着微笑，堅定地跟隨着思維波，虔誠無比。他回應着它的指引，不用睜開眼睛，直接用心靈感受着方向，準確地左轉、右拐，避開擋道的石塊、迎面而來的牆。張小開和白雪可就慘了，尤其是小開，跟在楊歌後面，轉來轉去的，早就暈頭轉向了。

「哎呀！」張小開的腦袋撞上了一堵堅硬的牆壁，不用說，額頭上肯定起了個大包。

「真奇怪，楊歌好像對這個地方非常熟悉！」張小開揉着痛處，納悶極了。

終於，在黑暗中出現了一線微弱的光芒，白雪和張小開精神為之一振，看來他們正在向某個非常重要的地方邁進。

楊歌還是閉着雙眼，憑着直覺感受，隨着思維波的召喚，筆直地向有光的地方走去。

張小開和白雪緊隨其後，加快了腳步。

越來越亮了，漸漸地，前面出現了一片瑰麗的、由光交織成的網。火紅的、翠綠的、杏黃的、海藍的……什麼顏色的光線都有，還有幾種讓人形容不出來的美麗顏色。這麼多各種各樣的光線相互輝映，形成了一片綺麗絢爛的光的海洋，讓人歎為觀止。

　　三個孩子在光網的發源地──一個古怪的墓室門口停住了，此時楊歌也緩緩睜開了眼睛。思維波把他帶到了這裏後，就自動消失不見了。

　　「校園三劍客」站在墓室的入口處，目瞪口呆。

第十三章　神秘的歌聲

這是一個金碧輝煌的墓室：各種各樣的珠寶、工藝品、傢具、衣物、化妝品以及兵器數以千計。包金戰車、飾有巨大鍍金獅子和怪獸的卧榻、一人高的國王雕像，以及數不清的箱子和籠子，全都放着璀璨的光芒。最神奇的是墓室的地板上鋪滿了大塊大塊的、閃着奇異光澤、顏色各異的石頭。石頭一閃一閃的，好看極了。墓室的光線就是它們發出來的。

「多好看呀！」白雪驚歎着，眼前的奇妙景色早就讓她忘記了恐懼。

「哇！是不是寶石呀？」張小開跳了過來，好奇地撫摸着一塊榴紅色的石頭。

「這是不是紅寶石？」他舉起來問白雪。

突然，他幾乎不敢相信自己的眼睛，他手中的石頭顏色開始變了，變成了淡淡的，透明的蘋果綠色，宛如一汪湖水，漾漾的，讓人心曠神怡，這一切都發生在瞬

間，張小開嚇得連忙將石頭扔到地上。

那邊，白雪踮起腳輕輕地觸碰牆上一塊金燦燦的石頭，石頭馬上就變成了黑白相間的顏色，黑的地方凝重如墨，白的地方純潔如雪，一條一條的，像斑馬條紋一樣交錯着，有趣極了。

凡是他們觸摸過的石頭，都能夠變幻出不同的顏色，這簡直是太神奇了，就像書上寫的童話世界一樣。

張小開很快恢復了常態，他興奮得跳來跳去。

「哈哈，真好玩！」張小開嚷嚷着，忙着去觸摸每一塊石頭，讓它們變幻着各種顏色，一時間，墓室裏光影變幻，一片奇光異彩。

楊歌的眼睛則被刻滿星星的傾斜天棚所吸引。他發現墓室的牆上、天棚上，到處都刻着金字塔文。昨天他參觀金字塔研究中心時，「奧西里斯——烏納斯」的名字在金字塔文字中反覆出現，他在無意中將這個用金字塔文寫的詞語牢牢地記在了心中。現在，他發現這個名字在墓室牆壁上，也被反反覆覆地重複着。

「奧西里斯——烏納斯、奧西里斯——烏納斯、奧西里斯——烏納斯……」

　　楊歌在心裏重複着這個名字。突然，他「啊」地叫了一聲，眼前忽然一黑，一個跟蹌，眼看就要摔倒在地上，幸好白雪眼明手快，一把將他扶住了。

　　「楊歌，楊歌，你怎麼了？」白雪擔心地問。

　　楊歌的臉色看上去很差，眉毛擰成了一個結，大滴大滴的汗水從他額頭上滾落下來。

　　「楊歌，楊歌，你醒醒……」

　　白雪的面容在楊歌眼前晃動着，漸漸地模糊了，她的聲音也漸漸飄遠了，他疲憊地閉上了眼睛，頭一歪，暈了過去。

　　等他醒來，睜開眼睛，看到的是小開和白雪飽含着淚水的眼睛。

　　「你終於醒了……」一見楊歌醒來，他倆鬆了一口氣。

　　「我還以為你再也醒不來了。」張小開不好意思地擦掉眼淚，咧開嘴笑了。

　　楊歌感動極了，看着兩個好朋友，他嚅動着嘴唇，似乎想說點什麼，但是終於還是什麼也沒有說，只是他伸出手去，緊緊地握了握張小開的手。

「楊歌，你剛才是怎麼了？」白雪一邊用小手絹擦掉他的汗，一邊問，「怎麼一下子就昏過去了？還有，你是怎麼找到這裏的？」

「是思維波……把我們帶到這裏來的。剛才我調用了身體太多的超能力，所以暈倒了，現在身體仍然覺得很累。」楊歌疲憊地說。

「思維波？」白雪和張小開驚訝極了。

於是，楊歌把事情原原本本地告訴了他們，那如泣如訴的歌聲，歌聲裏那纏綿哀怨的鄉愁……

「它唱的歌真好聽，我想我一輩子都不會忘記那美妙的旋律。」楊歌說。

「那你還記得嗎？」白雪羨慕極了，她真希望自己也有這樣的超能力，也能聽見那麼好聽的聲音。

「我記得，是這樣的……」楊歌哼了起來。

大家都沉浸在美妙的旋律裏……

「這樣好聽的歌，你們以前聽過嗎？」楊歌問道。

「沒有！」張小開回答道。他和楊歌都別過頭去用詢問的目光看着白雪。

「我也沒有，在我的記憶中竟然找不到一絲和這個

旋律相似的東西！」白雪緩緩地説。要知道，她是個音樂發燒友，她腦海裏的歌曲有成千上萬，如果連她都説不知道，那世界上大概就沒有別人知道了。

「要麼，用電腦試一試！」

不等大家説話，張小開就急急忙忙地從背包裏拿出了筆記本電腦，熟練地將旋律輸入進去，進行查詢。

然而，電腦的回答卻是：「沒有對應歌曲。」

也就是説，世界上所有作曲家的作品裏都沒有和它相應的旋律。

莫非這首神秘的歌不屬於我們這個星球？它出自於另一個文明的音樂大師之手？

第十四章　破譯金字塔文

「**校**園三劍客」穿越一扇金色的小門，進入另一個墓室的後室。

這是一間暗紅色的墓室。墓室裏，有三個四周雕成怪獸形的金棺。金棺旁是六個真人般大小、相對而立的黑色衛士雕像。它們身穿金裙，手執錘矛。室中到處都是珍貴的寶物：金色的神龕、鑲有寶石的王座、金光閃閃的古代戰車、潔白似玉的花瓶、雕刻精美的金牀和金椅、各種樂器等等。

三人走到金棺前。金棺的棺蓋是用水晶製成的，透明而有光澤。「校園三劍客」驚異地發現，每個金棺裏都躺着一具屍體。

三具屍體中只有最左邊的一具被製成了木乃伊，另外兩具則保存完好。木乃伊的臉上戴着製作精緻的黃金面具，面具的表情肅穆威嚴。保存完好的兩具屍體，一具為中年男屍，一具為中年女屍。他們彷彿並不是沉睡

了好幾千年，而像剛剛躺下，生命剛剛從他們的軀殼裏逝去一般。

雖然他們的臉上已經沒有了血色，然而皮膚依然光潔而有彈性。這兩具屍體由薄薄的布裹纏着，渾身布滿了項圈、護身符、戒指、金銀手觸以及各種寶石。散落在他們胸前的有各種花兒：矢車菊、百合、荷花等，雖然已經枯萎，但仍依稀可辨。他們臉上的表情看上去既悲傷又靜穆。

「奧西里斯——烏納斯？莫非躺在金棺裏的是著名的法老奧西里斯和他的妻子烏納斯？」楊歌心想。

「你們快看，石頭書。」這時，張小開又叫了起來。他的手指着金棺旁邊的一本打開的、雕刻成石頭形狀的大書。石頭書的上面，刻着密密麻麻的金字塔文。

「可惜都是金字塔文，要是能知道上面寫的是什麼就好了！」白雪惋惜地説。

「這有何難，我就能全部讀懂它。」張小開很驕傲地說。

「你說什麼？你能讀懂這些金字塔文？算了吧，在我們三個人中，你的外語是學得最差的。」白雪搖頭不信。

「我雖然讀不懂它，可我的電腦能讀懂這些文字呀。」張小開拍了拍他的手提電腦說。

「真的嗎，你竟然能夠破譯金字塔文字？」白雪驚訝了。

「哈哈，因為我是個天才嘛。」張小開得意地說。

「你的確是個天才，不過，用牛頓的一句話說，你是個站在巨人肩膀上的天才。那個巨人的名字叫商博良，對嗎？」楊歌笑道。他的大腦偶然接觸到了張小開的思維波。

張小開尷尬地笑了笑，說：

「哎，楊歌，在你面前，我們可真是什麼秘密都沒有啊。」隨後，張小開便向兩人道出了他如何破解金字塔文字的辦法。

「在很長的一段時間裏，人們認為金字塔文字是無

法破譯的。1799年，法國遠征軍的一名軍官夏爾在埃及羅賽塔地區附近，發現了一塊非比尋常的黑色玄武岩碑。這塊碑用兩種文字三種字體刻着同一篇碑文。最上面用的是古埃及的象形文字，中間是古埃及的草書體象形文字（也稱通俗體文字），下面是希臘文字。因為三段文字互相對照，因此破譯金字塔文字的可能性也大大提高。

「這塊碑被發現後，英國、德國、意大利和法國等國研究古埃及的學者們紛紛對其進行研究，卻依然沒有解開古埃及的象形文字之謎。當時有一位年僅十一歲的法國少年叫商博良，他從小立志揭開『羅塞塔碑』上金字塔文字的秘密。他勤奮工作了二十一年，終於對照着希臘文，破解了金字塔文字之謎。

「他發現：金字塔文字是一種帶有象徵意味的象形文字。例如用三條曲線代表水，用房屋的平面輪廓來代表房子，用旗子代表神等。他還發現，那些象形文字同時又是『字母』，具有注音功能。

「正因為商博良的傑出貢獻，後來的埃及學者才得以識別金字塔的文字，他們不僅能讀，還能寫金字塔文

字。而我，則將構成金字塔文字最基本的象形文字或者說是注音字母輸入了電腦中，編成了程式。這樣，我就可以用電腦讀所有的金字塔文了。」

「這麼簡單？」白雪驚訝地說。

「就這麼簡單。楊歌說得沒錯，我之所以能設計出這樣的軟件，就是因為站在商博良的肩膀上了。」張小開說。

「既然這樣，那你就趕快把石頭書上的金字塔文破解開來，讓我們看看上面到底寫了些什麼。」白雪迫不及待地說。

「好！」說幹就幹，張小開麻利地打開背包，取出小巧的掌上型掃描器，將它連接到手提電腦上，之後又按下按鈕，一道綠光從掃描器頂部的小孔中射出來，漸漸聚集在石頭書上。張小開聚精會神地操作着電腦，連鼻子上的汗都顧不上擦一擦。工作的時侯，張小開總是很認真，與平時嘻嘻哈哈的他判若兩人。楊歌和白雪站在小開身邊，緊張地關注着。

時間一點一點地過去，突然，只聽見「叮咚」一聲，電腦屏幕上出現了石頭書上的文字。張小開把掃描

器一放，長長地噓了一口氣。

「行了！」他笑嘻嘻地望着伙伴們，「大功告成！」

「小開，你真行！」白雪由衷地稱讚道。

「嘻嘻，小菜一碟！」張小開得意地晃着腦袋。

楊歌則專注地盯着電腦屏幕。他發現，石頭書上的許多文字都與星星有關。隨便掃一眼，就能發現像下面這樣的句子：

「國王是一顆星星……」

「……國王，一顆璀璨、遙遠的星……」

「哦，國王，你是這顆偉大的星星，獵戶座的伴星……」

石頭書的最後一段話，似乎是解開整個金字塔之謎的關鍵：

「我們是天狼星B行星的居民……我們身在陌生的地球，我們的心在遙遠的故鄉。死亡讓我們永遠無法回到家人的身邊。 然而當星際之門再一次開啟，木乃伊也將隨之復活，我們的族人將從渺茫的星空看到我們留下的標記，把我們帶回到那久違的故鄉。**只要你按下……」**

金字塔之謎，就要解開了！

第十五章　盜墓者

「**哈**哈……」

兩聲乾笑，在空曠的墓室裏回響着。那笑聲彷彿是墓室裏幽靈的笑聲，格外地陰森恐怖。

「誰？」

正在聚精會神地從電腦上讀着金字塔文的「校園三劍客」猛地回過頭去。

「別亂動，小朋友。否則叔叔送你們一人一顆花生米。」門口站着一個人。他的手上握着一把手槍，黑洞洞的槍口對準了「校園三劍客」。

由於墓室裏金光燦爛，那個人的臉在強烈的光中反而看不清楚。三人只感覺到他那一雙鷹一般的眼睛，死死地盯着墓室裏的寶藏，以至於他的眼睛裏似乎都映出了那金燦燦的光芒。那是多麼貪婪的目光！多麼邪惡的目光呀！

「湯告魯斯？！你就是那個像湯告魯斯的人！」

首先把他認出來的是張小開。他做夢都沒有想到，他總想着要個簽名的「湯告魯斯」，人品竟然和他想像的完全相反。他心中的偶像此時在坍塌、毀滅……

「什麼湯告魯斯？我是國際上最有名的文物走私大王唐金。」那人陰森森地說。

「你就是那個在飛機上把金印放在我們包裹的人，也是裝扮成酒店招待員在我們的電話上裝竊聽器的人，還是在白雪的房間裏放毒蛇和刪除張小開電腦裏的迷宮圖的人！」楊歌氣憤地說道。

「你說得對極了，」唐金點頭笑道。此時的他，已經失去了那股悠閒瀟灑的風度。這數不清的財寶使他興奮得滿臉通紅。他嚥了一口口水，接着說：「哼，你們就算認出了我又有什麼用，我還怕了你們三個小鬼不成？不錯，我就是把金印放進你們包裹的人。本以為放在小孩子包裹可以蒙混過關，沒想到還是被發現了，讓你們當了替罪羊。我原以為你們會吃不了兜着走，沒想到我竟然會在酒店裏再次遇到你們。你們來頭不小啊！不把你們的底細摸透，我怎麼放心！你們竟然能參與到埃及的國家機密中，還能得到迷宮地圖！真是老天助

我，我雖然損失了一件價值連城的金印，但我卻得到了這麼多寶藏。我將是世界上最富有的人。哈哈哈哈……」

這時唐金的心裏已經打定了主意，要殺了這三個小孩子滅口。一點兇光在這個盜墓者的眼中閃過，他拿着槍向「校園三劍客」慢慢逼近。

「叔叔，你會殺死我們嗎？」白雪突然開口了，她的表情和語氣都一反常態，平時大方持重的她此時變得像個天真得一點心眼兒都沒有的小姑娘，那一雙明亮的大眼睛還無辜地忽閃着。

被白雪突然說中了心事，唐金反倒有點兒慌張。他用乾澀的嗓子說：「哼，你說呢？」

「叔叔，求你不要殺我們。外面的甬道那麼黑，要是只有你一個人多害怕呀。」

唐金心裏暗笑：無論怎麼聰明，小孩始終是小孩。我會怕黑？真笑死人了。

白雪接着說：「而且這麼多寶藏，叔叔一個人也搬不了。只要叔叔不殺我們，我們願意幫叔叔搬寶藏。我們什麼也不要，只要叔叔放我們回家，我們不告訴別人

……嗚嗚……我害怕……」白雪抽泣起來。

張小開和楊歌正想說點什麼，白雪使勁捏了一下他們的手，似乎暗示了什麼。

唐金有些心動，這些寶物件件都是稀世珍寶，讓他放棄哪一件都捨不得。如果一個人搬，確實是好幾天都搬不完。

「哼，讓你們先幫我搬寶藏好了，等搬完了再收拾你們，也不怕你們幾個小鬼逃了。」唐金心裏打好如意算盤，臉色一下子緩和了，於是向「校園三劍客」說道：「好吧，你們好好幫我搬東西。」說完便開始打量起那些寶藏來。

白雪悄悄對張小開說：「別亂說話，他剛才想殺死我們。」

「我也瞧出來啦。可等會兒搬了東西他也不會放過我們的。」

白雪又低聲對楊歌說：「你可以用超能力制服他嗎？」

楊歌着急地搖頭說：

「不行，剛才走迷宮時我耗費了大量的能量，現在

頭暈腦脹，沒法再調用超能力了。」

　　……

　　「你們幾個在嘀咕什麼？先把你們周圍小件的東西裝到背包裏！」唐金一邊説，一邊貪婪地在寶物中搜尋着。

　　「好好好，正在收拾呢。」張小開答道。他突然瞟到了電腦上的字，那段已經譯出的金字塔文最後一句話是：

　　「……只要你按下木乃伊棺上的按鈕，木乃伊將復活……」

　　張小開似信非信地想：「木乃伊真的會復活嗎？如果用木乃伊來制服唐金，我們或許還有生路……」

　　他這麼想的時候，便使出渾身力氣，用雙手按下了木乃伊金棺上一個巴掌大的圓形按鈕。

　　令人難以置信的事情發生了：金棺迸出耀眼的金色閃光，在閃光中，金棺的水晶棺蓋自動朝一邊打開！金棺裏戴着黃金面具的木乃伊猛地坐了起來。它透過一雙黃金眼死死地盯住唐金。

「木乃伊……啊……僵屍……復……活……了……」

唐金嚇得牙齒打顫，拿手槍對準木乃伊，不停地後退。

第十六章　木乃伊復活

「**你**……你……別過來。」

唐金節節後退。此時，木乃伊已經從金棺裏爬出來了，它身上裹屍布陳腐的味道一下子在墓室裏瀰漫開來。

「砰！」

唐金朝木乃伊開了一槍，子彈打到木乃伊的黃金面罩上。面罩一下子掉落在地，木乃伊的臉露了出來。它的臉上也纏滿了布條，只露出深陷的眼窩和黑洞洞的嘴。

「砰砰砰砰……」

唐金朝木乃伊連連開槍。然而，子彈對木乃伊一點兒作用都沒有。它一步一步向唐金緊逼過來，又抬起僵直的手臂一掃，唐金被拋到牆角，昏死過去。

「小開，白雪，快逃！」楊歌對張小開和白雪說。

「嗷呵──」木乃伊瞪着空空洞洞的眼睛，朝着

「校園三劍客」撲了過來。

「啊！別……是我喚醒你的，我們都是好人，有話好説。」張小開結結巴巴地説。

木乃伊沒有反應，還是緊逼過來。張小開還要再説，楊歌一把拉開他，説：

「木乃伊聽不懂你説什麼，快跑！」

「校園三劍客」飛快地鑽出墓室，在墓道裏奔跑起來。

「校園三劍客」憑着記憶，在幽暗曲折的墓道裏面靈活地穿行，往出口奔去。他們身後傳來沉重而有節奏的腳步聲──木乃伊對他們緊追不捨。

「發生什麼事了？」

當「校園三劍客」從三角小門裏鑽出來的時候，黑人士兵驚訝地問。

「木……木乃伊……復活了……」

張小開氣若遊絲。突然，他眼睛瞪得大大的，指着墓室的小門説：「看……看……它出來了……」

木乃伊從小門裏費力地鑽了出來。

「不可思議。」黑人士兵吃驚極了，他連忙拿出通話器，將他的同事們招呼過來。

不一會兒，守衛金字塔和獅身人面像的警衛們全都出動了，他們手拿警棍，排成一排阻攔木乃伊。一個跟木乃伊一樣膀大腰圓的警衛對木乃伊警告道：

「站住，不要再向前走了！」

然而，木乃伊根本不聽他的話，繼續向前走。

那個喊話的警衛生氣極了，用警棍猛擊木乃伊頭部。但是，不管他怎麼擊打，木乃伊一點兒反應都沒有。當他終於累得手臂酸麻放棄擊打時，木乃伊竟然伸出雙臂，抓住了他的身體，將這個彪形大漢高高地舉過了頭頂，然後像扔一個很輕的紙箱子一樣扔出了五六米遠。

其他警衛全都大驚失色，但是沒有人退縮，他們一擁而上，向木乃伊發起了進攻。

戰鬥很快見出了高下，木乃伊大叫一聲，揮舞拳頭，那些警衛們全被木乃伊打趴在地上，「哎喲哎喲」地哭爹喊娘。

木乃伊擊退警衛之後，又邁着僵硬而有規則的步

伐，追向「校園三劍客」。

「快跑！」

楊歌大聲喊道。他最先跑到了他們停車的地方，飛快地跳上車，啟動了全自動小轎車。白雪和張小開也隨後趕到，跳進了小轎車的後座。楊歌掉轉車頭，駕駛汽車朝着開羅馳去。

紅色小轎車一下子將木乃伊甩在了身後。

「吁——」張小開鬆了口氣，嘟噥着說，「這個木乃伊也太不夠朋友了，我們喚醒它，怎麼反而來追我們？」

這時，天空一下子陰暗下來。一股猛烈的寒風，掃過酷熱的沙漠。

「怎麼了？」

「校園三劍客」大吃一驚，連忙轉頭看去。

「**嗷呵——**」

只見遠處的木乃伊站在高高的沙丘上仰天長嘯。在它長嘯之時，它的身體令人驚異地快速變大：先是和大象一樣大，接着變得比房子還大，到了最後，它的身體變得和金字塔一樣高，成為一個巨人。它那深陷的眼窩

裏，射出兩束極強的藍色光束，直指茫茫天穹。它身後的沙漠也電閃雷鳴，掀起了鋪天蓋地的沙暴。

「校園三劍客」的表情可想而知。白雪嚇得臉色煞白，一句話也説不出來。

楊歌一時有些慌張，竟然不由自主地停下了車。

幾分鐘之後，木乃伊眼中的光束黯淡下來。它再次把目光調向了坐在全自動汽車裏的「校園三劍客」，並朝他們疾跑過來。

「楊歌，你怎麼啦？快開車啊！」張小開嚇得哇哇亂叫。

楊歌猛地醒悟過來，重新啟動汽車。全自動汽車一下躍了起來，疾馳出去。木乃伊怪物體形巨大，它的大腳每跨出一步，和「校園三劍客」的小轎車的距離就減少一點。

木乃伊怪物的影子越來越近，越來越大，眼看就要追上他們了。

楊歌腦中靈光一閃，突然來了一個急轉彎，斜斜地從左邊衝了出去。

這招果然有效，那個木乃伊怪物身體太過龐大，

慣性大，轉身也不靈活。它傻傻地直衝過去，等它停下來，轉過身時，又已經和「校園三劍客」的車拉開一段距離了。

「哈哈，楊歌你好厲害！」張小開高興地鼓起了掌。

然而小開未免高興得太早了，木乃伊怪物在調整好身體位置後，又邁着大得嚇人的步伐，迫向「校園三劍客」。

「現在我們往哪兒開？」白雪説。

「往開羅開吧，」楊歌想了想説，「沙漠上一望無際，躲都沒地方躲。開回開羅去，不但可以找人支援，而且路上地形複雜，容易躲藏。」

「好。」

張小開和白雪都贊同楊歌的提議。楊歌心裏有了主意便不再那麼驚慌。他把車開成「之」字形，彎彎曲曲地向東方開去。

此時已是華燈初上的傍晚，隱約可以看到遠方的燈光了。楊歌把車開得像風一樣快，木乃伊怪物仍然緊追不捨。它的影子像一個巨大的幽靈，始終在他們車後糾

纏。

前方的天空中出現了兩架直升機。

埃及人已經知道危險了嗎？

開羅能得救嗎？

人類是否將面臨空前的劫難？

第十七章　激戰尼羅河

開羅。

埃及所有的軍政領導人都集中到了總統的緊急會議室商討對付木乃伊的辦法。全世界七十億人都通過衛星知道了金字塔裏出來了一隻巨大的木乃伊怪物。紅海上，海軍封鎖了各個海港要道，對木乃伊怪物嚴陣以待；空軍派出直升機作為先頭部隊；更多的飛機和地面部隊正在集結；八顆間諜衛星從各個方向監視木乃伊怪物，隨時報告怪物的動向……

「校園三劍客」的車開進了開羅旁邊的小衛星城。楊歌看準了一個停車庫，利落地把車開了進去。紅色轎車一下子從木乃伊的視線裏消失了，怪物失去了目標，茫然地四處張望。

「校園三劍客」躲在車庫旁的一棵大樹下，觀察着木乃伊怪物的動靜，尋找逃到更安全的地方的時機。

剛才就一直尾隨着木乃伊的兩架軍用直升機俯衝向

木乃伊怪物。怪物並不搭理，大步跨進了衛星城。城口的一個便利加油站被它一腳踩扁，油庫裏的汽油頓時在大街上流淌開來。木乃伊怪物跑進了街道，市民們見到如此龐大的木乃伊怪物，都驚皇失措，街上到處是慌亂逃生的人羣。高樓大廈裏的人也恐慌萬分：房子只要被木乃伊怪物龐大的身軀碰到，不是塌就是垮。

　　兩架軍用直升機開始進攻了，它們的肋下發出兩道明亮的火光，四顆攜帶型導彈都對準木乃伊怪物的頭一衝而出。木乃伊怪物伸出大手輕輕一揮，打落了兩顆導彈，抓住另外兩顆捏了個粉碎。之後它又順勢一揮兩隻巨手以迅雷不及掩耳之勢橫掃向直升機。眼看巨手就要打到直升機了，兩架直升機敏捷地從它手臂的縫隙中穿過，躲過了巨手的襲擊。可是，木乃伊怪物手上散落的亞麻布條夾着強勁的風，掃過兩架直升機的尾部，兩架直升機搖搖晃晃地朝地面栽了下去。

　　頃刻，兩聲巨響，地面彷彿開了兩朵巨大的、鮮艷的、火紅色的花。

　　「糟了，直升機被打落了！」

趴在樹頂上的張小開連忙向伙伴們報告這個壞消息。

就在這時，遠方又有七八道強光呼嘯而來，海軍開始向木乃伊怪物發射巡航導彈。好幾顆導彈擊中了木乃伊怪物，只聽見「轟轟」幾聲巨響，木乃伊怪物身上冒出了股股黑煙，但它只是搖晃了兩下，像什麼事也沒有似的。碎彈片掉到街上，引燃了滿街的汽油，瞬間，城市變成了火海，不斷地有東西被引燃，四處都是爆炸的聲音。

木乃伊怪物受了驚，開始在街上瘋狂地亂跑亂撞起來。無數的建築被撞倒了，呼呼的風聲、轟隆隆的爆炸聲、刺耳的尖叫聲、悽涼的哀號聲、痛苦的哭泣聲……各種恐怖的聲音在城市上空回響。**此時的情景，真如同來到了人間地獄。**

「校園三劍客」感到了深深的恐懼——烈火就要燒到他們藏身的車庫了。

「怎麼辦？」白雪問道，她心急如焚。

「難道沒有東西可以制服木乃伊怪物嗎？」張小開從樹上跳下來。

突然他瞟到身旁的電腦，眼睛一亮，説道：

「對了，問神秘客。他可以利用互聯網上的一切資源，如果他不知道，就沒有人知道了！」

他連忙打開電腦，神秘客給過他一個Skype帳號，如果有困難可以用這個帳號與他聯繫。

張小開輸入了一排字：

「神秘客先生，獅身人面像內的木乃伊被喚醒了，正在攻擊人類，該如何制服它？」

他們馬上得到了回答：

「獅身人面像內既然有喚醒木乃伊的機關，也應該有重新催眠木乃伊的機關。立即回到獅身人面像內想辦法。」

三個朋友互相望了望，楊歌説：

「有道理，我們回獅身人面像去，**重新催眠木乃伊！**」

「好，趕快出發。」張小開點頭説道。

白雪有些疑慮，擔心地説：「如果獅身人面像裏沒有重新催眠木乃伊的機關怎麼辦？」

張小開説：「管不了那麼多了，試試也好。」

楊歌也表示同意：

「對。就算沒有，我們把木乃伊怪物引到沙漠上，它就不會繼續破壞開羅了。軍隊也可以很從容地使用一些殺傷力大的武器。就算對付不了木乃伊怪物，我們也可以和它磨時間，讓人們想辦法來對付它。」

「嗯。」白雪點了點頭，「那我們馬上出發吧。」

三人又跳進了車裏。

「先加滿油再走。」楊歌説。

「對，要想車快跑，先得讓車吃飽。」張小開連忙把自動加油機的油槍拖了過來。

加滿了油，「校園三劍客」飛快地爬上車，全自動汽車便衝上了火光漫天的街道。

軍隊結集在小城四周，全力疏散驚慌的人羣。他們不敢向木乃伊怪物發射武器，只能嚴陣以待。

這時，木乃伊怪物正在滿街上找「校園三劍客」和他們的紅車。它身上散落的亞麻布布條有的着了火，怪物似乎也怕火燒，不停地揮舞着巨大的手臂，房屋因此被一間間地掃平。

「來吧！」楊歌大叫一聲，開着小紅車從木乃伊怪

物兩隻擎天柱一樣的腿間穿了過去。木乃伊怪物此時正在發怒，竟然沒有注意到這個紅色的小不點兒，還在扯着一座電視塔。

「真笨。故意讓它看它還看不見。」張小開罵了一句，「我現在總算相信它肯定追不上我們了。」

楊歌把車子掉了個頭，向木乃伊怪物衝過去。這次木乃伊怪物終於發現了他們，一把將電視塔從地上扯了起來，邁着腿追向「校園三劍客」。

「校園三劍客」掉轉車頭，又風一樣地衝向了無垠的沙漠。

木乃伊怪物依然緊追不放。

「不能讓怪物突破包圍圈。」

周圍的陸軍部隊一起堵了過來，無數槍炮對準它開火。水乃伊怪物用手上的電視塔一陣狂掃，衝在前面的坦克和裝甲車全都人仰馬翻。怪物左一腳，右一腳，瞬間就把剩下的陸軍收拾了個七零八落，然後大步向着「校園三劍客」的車追去。

木乃伊怪物跑遠了，陸軍隊長從一堆泥土中爬出來，向總部匯報：

「木乃伊怪物衝破了第一層包圍，離開了開羅，奔向金字塔方向。怪物力量實在太強大，建議使用殺傷力更大的武器。」

尼羅河畔，沙漠中，導彈部隊正等待着木乃伊怪物的出現。

他們用望遠鏡最先看到的不是木乃伊怪物，而是一輛紅色的全自動汽車，開着「之」字形的路線，在沙漠上狂奔。更讓他們驚奇的是，他們發現坐在裏面的是三個黑頭髮黃皮膚的孩子！

「校園三劍客」把木乃伊怪物引進沙漠後，按照老辦法和它兜起了圈子。可是木乃伊怪物似乎越來越聰明，它放慢速度，離「校園三劍客」的距離反倒越來越近。怪物猙獰的面目也漸漸逼近，它深陷的眼窩，彷彿是兩個深不見底的黑洞，隨時都有可能把他們吞噬。木乃伊圓張着大嘴，發出低而沙啞的咕咕聲。它手上幾條散落的布條燃着火，在半空中飄舞，看起來更加可怕。雖然白雪不停地告訴自己：「它追不上我們，它追不上我們……」但仍然忍不住簌簌發抖。張小開趴在車

後窗，監視木乃伊怪物，一面指揮楊歌「向左……向右」，面對着木乃伊怪物可怕的面目，他的聲音也有些發顫。

前面就是金字塔了，快到了！

「轟隆！」

一聲巨響，「校園三劍客」感覺耳朵被震痛了——軍隊朝木乃伊發射了一枚導彈。

「木乃伊完了！」

「校園三劍客」心裏都這麼想。

然而，出乎他們的意料：那枚導彈打中了木乃伊怪物的胸口，但並沒有馬上爆炸，卻被反彈回來，在沙地上爆炸了。強烈的熱氣流夾雜着沙石，鋪天蓋地地席捲過來。「校園三劍客」的車在氣浪的衝擊下被掀到半空中，又翻滾着向前飛去。

「那三個孩子！」

陸軍指揮官驚叫。他原想通過發射導彈救三個孩子，沒想到反幫了倒忙。

指揮官命令他的軍隊朝木乃伊又發射了數枚導彈。但木乃伊對此全然不懼：只見它一枚一枚地抓住那些導

彈，又一枚枚地捏了個稀爛。有一次，木乃伊怪物竟然抓住了一顆導彈，把它扔進嘴裏，吞了下去。導彈在木乃伊的肚子裏爆炸，發出沉悶的響聲，但它卻依然安然無恙。

陸軍已經不指望能消滅木乃伊怪物了，他們只想拖住它，去救出那三個大膽的孩子。

車終於停止了翻滾，「校園三劍客」都被傾翻的汽車覆蓋着。楊歌第一個清醒過來，他回頭尋找同伴們，白雪還好，張小開撞破了頭皮，鮮血直流。萬幸的是，三人都沒有受太大的傷。

「我們快跑吧，獅身人面像就在前面了。」

剛才的一掀，使他們又離獅身人面像近了好多。「校園三劍客」鑽出車子，楊歌扶起張小開，白雪跟在後面，藉着黃沙塵的掩護，繼續向獅身人面像跑去。只要一進獅身人面像，他們就安全了。

「快跑，快跑……」楊歌不停地鼓勵白雪和張小開。

然而，此時黃沙塵慢慢淡了。木乃伊又看清了「校園三劍客」。它追上來，將紅色的全自動汽車一腳踩

扁，然後蹲下來，張開巨大的手掌，一下抓住「校園三
劍客」。它將他們舉到了空中，並張開了黑洞一般的大
嘴。

第十八章　天外來客

「啊——」

「校園三劍客」在木乃伊的掌中掙扎着，絕望地大叫起來。

就在「校園三劍客」覺得必死無疑的時候，突然，木乃伊的手僵住了——它的身體就像電影裏的定格鏡頭一樣僵住了。

張小開「哇哇」大叫：

「快放我們下來，我們的肉一點兒都不好吃，是苦的，吃了要拉肚子！」

就在三人都在木乃伊掌中掙扎時，楊歌突然指着遠方的天空驚訝地説：

「你們看！」

「怎麼回事？」

張小開順着楊歌手指的方向一看，也很吃驚：只見遠方天空中出現了一個小小的綠點，它像涅開的水漬一

樣在藍天裏以不可思議的速度變大。不一會兒，一個閃爍着綠光、草帽形狀的飛行物進入三人的視野——無聲無息地滑翔過來。

「飛碟，飛碟！」

張小開把自己的危險處境忘到九霄雲外，竟興奮得大嚷大叫起來。

「飛碟？」在天空中懸浮旋轉的飛碟也令白雪目瞪口呆。

就在這時，飛碟射出一束綠色的光，照在「校園三劍客」身上。「校園三劍客」的腦中頓時感到一陣眩暈，他們還感到自己的身體變得輕如鴻毛，離開了木乃伊的巨掌，向綠色的飛碟飄忽過去。

當「校園三劍客」蘇醒過來時，發現自己置身於一個小房間裏。房間裏有一個綠色的控制台，它的牆壁是

綠色的，地板也是綠色的。一個身穿金色古埃及服裝的女孩站在他們面前，用關切的目光望着他們。她全身瀰漫着柔和的金光，她的臉上也閃着淡淡的金色光輝，和古埃及人在臉上貼了金箔的感覺一樣。

「你……你是誰？我們在什麼地方？」張小開從地上爬起來，連連後退。

女孩並不說話，只是用充滿善意的目光定定地注視着張小開的眼睛。張小開害怕地問：

「你……你在幹什麼，是在給我們洗腦嗎？」

女孩並不答話，又把目光轉向了白雪。

「請你告訴我們，我們是在飛碟裏嗎？」白雪追問。女孩仍不回答，又把目光轉向了楊歌。

楊歌正想用超能力對女孩充滿魔力的目光進行反擊，然而，就在這時，他再次感受到了那種在獅身人面像的墓室裏感覺到的強烈的思維波——一首曲子，和迷宮裏聽到的很像，憂傷、婉轉，充滿了思念。但似乎又有不同，裏面蘊含着一種堅定的信心、一種重逢的喜悅，還有抱歉、感激，太多太多含義和感情……

終於，女孩的臉上浮現出笑容，燦爛如沙漠上的陽

光。「校園三劍客」不約而同地感到：可怕的噩夢就要過去了。

「謝謝你們。」那女孩開口說話了。

「校園三劍客」一下驚呆了。

「你……會說中國話？」白雪吃驚地問。

「我剛才通過探測你們的思維波學會了你們的語言，」女孩回答，這時她看見張小開頭上的血，又說，「你的頭受傷了。」

「哦，沒事。」張小開搖頭說。

「我來幫你。」

女孩說着便伸出了右手，她的食指射出一道綠色的光，正好擊中張小開的傷口，張小開的傷口立刻停止了流血，並很快痊癒了。

「哇，真神奇啊！」張小開撫摸着連疤痕都沒有的傷口，驚訝地說。

「你到底是誰？從哪裏來？為什麼要把我們劫持到你的飛碟裏？」楊歌問道。

女孩微笑着說：

「我來自天狼星系的B行星。我的名字叫仙妮詩。我

到地球來是為了尋找我的父母。感謝你們給我發來了我父母的信息，才使我來到地球上。」

「我們給你……發信息？不，你一定是弄錯了，我們沒有給你發信息。」白雪說。

「不，你們發了。是你們進入了藏有我父母遺體的墓室，啟動了守衛他們遺體的生物機器人。生物機器人從地球上的各金字塔中吸取了金字塔能量，向天狼星發去了求援信息，我才得知我父母的下落，來到地球上。」

仙妮詩說着往牆壁處一指，綠色的牆壁像水波一樣蕩漾起來，一個木乃伊從牆壁裏穿過，走到「校園三劍客」的面前。

「啊，木乃伊！」

張小開嚇壞了，直往後退，要不是楊歌和白雪一人一邊拉住了他，他差點兒就要一屁股坐在地上。

「別害怕，這就是守衛我父母墓室的生物機器人。它可以隨心所欲地變大變小。因為你們重新啟動了它，所以，它相信你們是地球上最聰明的人類。剛才，它不停地追逐你們，其實並不是想傷害你們，而是想請你們

幫助它向我的星球，也就是天狼星發信息。」仙妮詩微笑着説。

「我想起來了，木乃伊從獅身人面像裏出來之後，眼睛朝着天空射出兩束光，其實就是在給你發信息。我説得對嗎？」白雪問道。

「確實如此，」仙妮詩點點頭，「關於我父母為什麼會在地球上的事情，我也不太清楚。我們還是一起來看看我父母留下的記錄吧。」

「你父母的記錄？我們是不是要回到獅身人面像的墓室裏去取出來？」張小開問。

「不用了。」仙妮詩搖頭。她接着用「校園三劍客」聽不懂的語言和木乃伊説了幾句話。木乃伊便從嘴裏吐出一個發着金色光芒的盒子，交給了仙妮詩。

仙妮詩打開了製作精緻的盒子。立刻，盒子裏射出一束白光，在那束白光中，「校園三劍客」看到了一系列立體的全息影像：

• 遼闊的太空，一艘太空船在羣星間穿梭。

• 當飛船飛近地球時，在明亮的月光的照射下，飛船突然起火，墜向地球。

- 飛船冒着黑煙，搖搖晃晃地降落在沙漠上。一男一女兩個身穿金色像古埃及服裝的外星人從飛船裏走出。地球人對他們頂禮膜拜。

- 繁星似塵的星空下，外星人坐在尼羅河邊，望着天狼星交談着。

- 外星人用飛船切割山崖上的巨大石塊，並用飛船運輸，壘成了一座座巨大的金字塔。

- 外星人教地球人耕種。

- 男外星人倒下了，女外星人將他抱在懷裏，呼喚着，淚流滿面。隨後，她自己也倒了下去。

- 地球人將他們抬進了事先建築好的獅身人面像下面的墓室裏。

  ……

- 木乃伊從獅身人面像裏鑽出，雙眼射出兩束藍光，直指向天狼星的方向。

  ……

　　當盒子裏的全息影像全部放完時，仙妮詩已經淚流滿面，泣不成聲了。

142

第十九章　金字塔的秘密

外星少女仙妮詩向「校園三劍客」揭開了金字塔的秘密：

按地球的時間來計算，大概是9,000年前，仙妮詩的父母乘坐太空船到太空中探險。當飛船經過地球的時候，由於受月球引力的作用，飛船突然起火，能源裝置被損壞。他們不得不迫降地球，因為能源不夠，他們無法向母星求救。

當時地球上的人類還處在茹毛飲血的階段，根本談不上有什麼文明。仙妮詩的父母知道他們不可能得到來自地球的任何援助，將要老死在地球上。但他們並沒有因此而絕望，也沒有碌碌無為，而是將對故鄉的思念壓在了心底。他們把知識教給古埃及人，教他們耕種。古埃及人之所以會製作木乃伊，也是從他們那裏學來的。

他們雖然知道回故鄉的可能性基本上為零，卻從沒有放棄回去的念頭。他們用飛船建造巨大的金字塔，就

是希望故鄉的人們會偶然從天文望遠鏡裏發現地球，從而發現他們用金字塔留下的信息——金字塔是天狼星系B行星人特有的建築，看到了金字塔，天狼星人可能會派出飛船到地球上來。**金字塔確實不是法老們的陵墓，而是星際導航的星圖。**

基沙的三座金字塔之所以沒有排成一條直線，而是排列成獵戶座腰帶的形狀，也是為了給天狼星人作星際定位之用。還有，金字塔的那些與天文數據暗合的數字，也是仙妮詩的父母有意為之的。

不過，十分可惜的是，由於宇宙空間實在是廣袤無邊，天狼星人並沒有發現地球和仙妮詩的父母留在地球上的信息，所以，直到「校園三劍客」啟動了墓室裏的木乃伊，才使天狼星人重新獲得了失蹤的宇航員的信息，並派出仙妮詩來到了地球。

「你的爸爸叫奧西里斯，媽媽叫烏納斯，對嗎？」楊歌問道。

「是的，你是怎麼知道的？」仙妮詩有些驚奇地問道。

「在古埃及神話傳說裏，最偉大的男神是奧西里

斯，最偉大的女神是烏納斯。由於你父母來自天外，所以，科學尚落後的古埃及人把他們當成了外星來的神。他們從你父母那裏得到了天狼星B行星的信息，並通過宗教儀式保留下來。古埃及人之所以有崇拜星星的宗教，嚮往獵戶座和天狼星，也與你父母有着非常大的關係。」楊歌侃侃而談，他心中的關於古埃及人星宗教的謎團終於解開了。

「你分析得很有道理。」仙妮詩佩服地説。

「你説9,000年前在地球上去世的外星宇航員是你的爸爸媽媽，那你現在應當也有9,000歲了啊。可為什麼你看起來那麼小，似乎跟我們的年紀差不多。」白雪聽完仙妮詩的話，突然想到了這個問題。

「是的。他們是我的爸爸媽媽。」仙妮詩眼中閃着淚光，「在這個宇宙中，處於不同時空的人，時間是不一樣的。天狼星的時間與地球並不同步。地球上三年，大概等於天狼星的一天。所以這兒的9,000年，在天狼星上只相當於不到十年的工夫。爸爸媽媽離家時我四歲，他們本來是要回來給我過十五歲生日的……我從小就發誓長大要當一名宇航員，一定要在茫茫宇宙中找到他

們。」

　　仙妮詩的聲音哽咽了，一滴眼淚終於從黑色的大眼睛裏流下來，是一滴銀色的眼淚。

　　白雪心裏一酸，輕輕握住仙妮詩的手。

　　她居然和外星人握手了！她感覺到仙妮詩的手上有一層很薄的保護膜，冷冷的。保護膜下的手軟軟的，有一股不知名的細微能量傳過來，像電流一樣，有點麻，但很舒服。

　　當仙妮詩終於平靜下來的時候，楊歌向她提出了心中的一個疑問：

　　「你父母生前為什麼不用木乃伊，也就是生物機器人向你的星球發報呢？」

　　「地球與天狼星相距上千光年的距離。要把信息從地球發到天狼星上，需要一種非常強大的，又極為特殊的能量。可偏偏我父母飛船的能源裝置被毀壞了，飛船所剩的能量可以供他們建造金字塔，卻不足以用來發報。你們已經知道，金字塔是一種可以產生那種特殊能量——即你們所說的金字塔能——的建築物。經過9,000年的光陰，我父母建造的這些金字塔終於積蓄了足夠向

天狼星發消息的能量。所以當生物機器人被你們重新啟動之後，他可以在極短的時間裏將所有金字塔的能量積聚起來，用以發信息。」

「我還有一個問題：從木乃伊復活到現在，不過短短的幾個小時的時間，而地球與天狼星相距如此遙遠，你怎麼可以那麼快就趕到地球呢？」張小開問道。

「那是因為在過去的十年裏，天狼星B行星的科技又向前邁進了一大步。人們已經掌握了通過宇宙的白洞與黑洞在宇宙中快速穿梭的飛行技術。在10,000光年以內的地方，我們可以做到在地球時間二十四小時內到達。」仙妮詩回答道。

「你的父母的遺體現在還在獅身人面像下面的墓室裏，我們去幫你把他們運出來吧。」楊歌說道。

「對，我們可以幫你。」白雪和張小開也異口同聲地說。

「謝謝你們，」仙妮詩感激地說，「不必了。我可以用飛碟上的穿壁運輸技術把他們帶回飛船上。」

仙妮詩說着按下了控制台上的一個按鈕。綠色的牆壁，此時立刻變成一個大屏幕。通過大屏幕，「校園三

劍客」看見飛碟的底部射出一束光，直指獅身人面像。隨後，裝有仙妮詩父母遺體的金棺，在那束光的照射下，穿透了金字塔的牆壁，被緩緩地吸到了飛碟裏來，並被放置到飛碟的另一個小房間裏。

仙妮詩的眼中再次閃爍着淚光。

「如果你們不介意，我想送你們一件禮物。」

仙妮詩說話的時候，手中出現了三個晶瑩的、透明的、和兵兵球一樣大小的小球，裏面有一個類似雷達的小裝置。

「這是語言翻譯器，它能翻譯所有的語言。通過它，你們不僅可以和你們星球上其他語言的人進行自如的交流，還能與外星智慧生物進行交流。」

她把小球給了「校園三劍客」。

「以後，我們永遠是朋友。」仙妮詩眼中淚光閃閃。

「永遠是朋友。」「校園三劍客」異口同聲地說。他們的心中，也覺得戀戀不捨。

尾 聲

分別的時刻到了，仙妮詩深情地朝「校園三劍客」揮揮手，然後按下了控制台上的一個按鈕。「校園三劍客」立刻被一團綠色的光所包圍。他們的意識恍惚起來。在恍惚中，他們感覺自己的身體悠悠地穿過了飛碟的牆壁，緩緩地落到了柔軟的、鋪滿了沙的地面上。

清涼的晚風帶着尼羅河潮濕的氣息拂面而來。「校園三劍客」的意識頓時清醒過來，他們看見飛碟在頭上的夜空中盤旋了三圈，便飛向了茫茫星海。

「再見了，再見、再見……」

「校園三劍客」對着夜空不停地喊着，使勁地揮着手。

基沙高原的金字塔和獅身人面像，在夜空和星光的映襯下，顯得異常的莊嚴、高大、深沉。

千古之謎金字塔

相傳，古埃及第三王朝之前，無論王公大臣還是老百姓死後，都被葬入一種用泥磚建成的長方形的墳墓，古代埃及人叫它「馬斯塔巴」。後來，有個聰明的年輕人叫伊姆荷太普，在給埃及法老左塞王設計墳墓時，發明了一種新的建築方法。他用山上採下的呈方形的石塊來代替泥磚，並不斷修改修建陵墓的設計方案，最終建成一個六級的梯形金字塔——這就是我們現在所看到的金字塔的雛形。

在古代埃及文中，金字塔是梯形分層的，因此又稱作層級金字塔。這是一種高大的角錐體建築物，底座四方形，每個側面是三角形，樣子就像漢字的「金」字，所以我們叫它「金字塔」。伊姆荷太普設計的塔式陵墓是埃及歷史上的第一座石質陵墓。

左塞王之後的埃及法老紛紛效仿他，在生前就大肆為自己修建墳墓，從此在古埃及掀起一股建造金字塔之風。由於金字塔起源於古王國時期，而且最大的金字塔也建在此時期內，因此，埃及的古王國時期又被稱為金

字塔時代。

金字塔與古代埃及信仰

　　古代埃及的法老們為什麼要將墳墓修成角錐體的形狀，即修成漢字中的金字形呢？

　　原來，在最早的時候，埃及的法老是準備將馬斯塔巴作為死後的永久性住所的。後來，大約在第二至第三王朝的時侯，埃及人產生了國王死後要成為神，他的靈魂要升天的觀念。在後來發現的《金字塔銘文》中有這樣的話：「為他（法老）建造起上天的天梯，以便他可由此上到天上。」

　　金字塔就是這樣的天梯。

　　同時，角錐體金字塔形狀又表示對太陽神的崇拜，因為古代埃及太陽神「拉」的標誌是太陽光芒。金字塔象徵的就是刺破青天的太陽光芒。因此，當你站在通往基沙的路上，在金字塔棱線的角度上向西方看去，就可以看到金字塔像撒向大地的太陽光芒。

　　《金字塔銘文》中有這樣的話：「天空把自己的光芒伸向你，以便你可以到天上，猶如拉的眼睛一樣。」

後來古代埃及人對方尖碑的崇拜也有這種意義，因為方尖碑也表示太陽的光芒。

規模巨大的金字塔羣

古埃及所有金字塔中最大的一座，是第四王朝法老胡夫的金字塔。

這座大金字塔原高146.59米，經過幾千年來的風吹雨打，頂端已經剝蝕了將近10米。但在1888年巴黎建築起埃菲爾鐵塔以前，它一直是世界上最高的建築物。這座金字塔的底面呈正方形，每邊長230多米，繞金字塔一周，差不多要走1公里的路程。

胡夫的金字塔，除了以其規模的巨大而令人驚歎以外，還以其高度的建築技巧而著名。塔身的石塊之間，沒有任何水泥之類的黏着物，而是一塊石頭疊在另一塊石頭上面的。每塊石頭都磨得很平，至今已歷時數千年，人們也很難用一把鋒利的刀刃插入石塊之間的縫隙，它歷數千年而不倒，不能不説是建築史上的奇跡。

另外，在大金字塔身的北側離地面13米高處，有一個用四塊巨石砌成的三角形出入口。這個三角形用得很

巧妙，因為如果不用三角形而用四邊形，那麼，100多米高的金字塔本身的巨大壓力將會把這個出入口壓塌。而用三角形，就使那巨大的壓力均勻地分散開了。在4,000多年前對力學原理有這樣的理解和運用，能有這樣的構造，確實是十分了不起的。

胡夫死後不久，在他的大金字塔不遠的地方，又建起了一座金字塔。這是胡夫的兒子海夫拉的金字塔。它比胡夫的金字塔低3米，但由於它的地勢稍高，因此看起來似乎比胡夫的金字塔還要高一些。

塔的附近建有一個雕着海夫拉的頭部而配着獅子身體的大雕像，即所謂「獅身人面像」，西方人稱它為「司芬克斯」。雕像高20米，長57米，一隻耳朵就有兩米高。整個獅身人面像是在一塊巨大的天然岩石上鑿成的。它至今已有4,500多年的歷史。為什麼刻成獅身呢？在古埃及神話裏，獅子乃是各種神秘地方的守護者，也是地下世界大門的守護者。因為法老死後要成為太陽神，所以就造了這樣一個獅身人面像為法老守護門戶。

第四王朝以後，其他法老雖然建造了許多金字塔，但規模和質量都不能和上述金字塔相比。第六王朝以

後，隨着古王國的分裂和法老權力下降，以及埃及人民的反抗、人們的盜墓行為，法老的「木乃伊」常被人從金字塔裏拖出來，所以埃及的法老們也就不再建造金字塔，而是在深山裏開鑿秘密陵墓了。

金字塔建造之謎

如果說關於金字塔大膽而奇妙的設計的傳說還能為現代人所接受，那麼它規模如此巨大的建造過程就難以令人想像了。胡夫的金字塔是用上百萬塊巨石壘起來的，每塊石頭平均有2,000多公斤重，最大的有100多噸重。這些巨石是從尼羅河東岸開採出來的，既無吊車裝卸，也無輪車運送。究竟古埃及人是如何修建金字塔呢？以下是一些學者的推測：

大量人力修建　被稱為「西方史學之父」的希羅多德曾記載，建造胡夫金字塔的石頭是從「阿拉伯山」（可能是西奈半島）開採來的。不過我們現在知道，石頭多半是本地開採的，修飾其表面的石灰石，是從河東的圖拉開採運來的。

在那時開採石頭並不容易，因為當時人們並沒有

炸藥，也無鋼釺。埃及人當時是用銅或青銅的鑿子在岩石上打上孔，然後插進木楔，灌上水，當木楔子被水泡脹時，岩石便被脹裂。這樣的方法在今天看來也許很笨拙，但在4,000多年前，卻是很了不起的技術。將石料從採石場運往金字塔工地也極為困難，古代埃及人是將石頭裝在雪撬上，用人和牲畜拉。為此需要寬闊而平坦的道路，修建運輸石料的路和金字塔的地下墓室就用了十年時間。

在建造胡夫金字塔時，胡夫強迫所有的埃及人為他做工，他們被分成10萬人一組來工作，每一大羣人要勞動三個月。這些勞動者中有奴隸，但也有許多普通的農民和手工業者。古埃及奴隸是借助畜力和滾木，把巨石運到建築地點的。他們又將場地四周天然的沙土堆成斜坡，把巨石沿着斜坡拉上金字塔。就這樣，堆一層坡，砌一層石，逐漸加高金字塔。建造胡夫金字塔花了整整二十年的時間。

對於希羅多德的説法，後人提出了許多的疑問。但是直到今天，金字塔之謎仍然是一道沒有人能做出完滿答案的難題。人們怎能不佩服埃及人民的偉大力量和智

慧！

外星人建造　二十世紀以來，隨着飛碟觀察和研究活動越來越廣泛，有人甚至把神秘的金字塔同變幻莫測的飛碟上的外星人聯繫起來。他們認為，在幾千年前，人類不可能有建造金字塔這樣的能力，只有外星人才有。他們經過計算還發現，通過開羅近郊胡夫金字塔的經線把地球分成東、西兩個半球，它們的陸地面積是相等的。這種「巧合」大概是外星人選擇金字搭建造地點的用意。

人工澆築　然而，一位叫戴維杜維斯的法國化學家，提出了一個關於金字塔建造的全新見解。他認為，建造金字塔的巨石不是天然的，而是人工澆築的。他從一位考古學家那裏，得到五塊從埃及胡夫金字塔上取下的小石塊，對它們逐個加以化驗。出乎意料的是，化驗結果證明，這些石塊由貝殼石灰石組成。儘管考古證明，人類在幾千年前就已掌握混凝土製作技術，但這些貝殼石灰石澆築得如此堅如盤石，以致很難將它們與花崗岩區別開來，實在使人難以置信。

戴維杜維斯由此推測，當時古埃及人建造金字塔是

採用「化整為零」的辦法，即將攪拌好的混凝土裝進筐子，抬上或揹上正在建造中的金字塔。這樣，只要掌握一定的技術，就能澆築出一塊一塊的巨石，將塔一層一層地加高。這種做法既「省力」又省工，據他估計，當時在工地上勞動的人僅有1,500人，而不是像希羅多德所說的那樣每批都有10萬人。

更出乎意料之外的是，這位法國科學家還在石塊中發現了一縷一英寸長的人的頭髮。這縷頭髮可能就是他們辛勤勞動和燦爛智慧的見證。

上述這些說法都還是一些推測。但無論如何，修建金字塔，一定是集中了當時古代埃及人的所有聰明才智，因為它需要解決的難題肯定是很多的。巨人般屹立的金字塔證明，這些問題都解決了，它們巍然屹立了4,000多年，創造了人類歷史的奇跡。可以說，金字塔是古代埃及人民智慧的結晶，是古代埃及文明的象徵。

有的人不相信依靠人類的協作就可以創造出奇跡，不相信地球上的人類自身會創造出金字塔這樣的奇觀，把它說成是天外來客的創造，這顯然是不正確的，因為

這無助於人們探索自己的歷史，認識自己的能力。

　　當然，揭開金字塔修建的謎底，還有待人們未來的
進一步研究。謎底可能揭開在你的手中，少年朋友們，
你們有興趣嗎？

世界之謎科幻小說系列 **2**

激戰木乃伊

作　　者：楊鵬
內文插圖：Pokimon Lo
策　　劃：甄艷慈
責任編輯：周詩韵
美術設計：李成宇
出　　版：山邊出版社有限公司
　　　　　香港英皇道499號北角工業大廈18樓
　　　　　電話：(852) 2138 7998
　　　　　傳真：(852) 2597 4003
　　　　　網址：http://www.sunya.com.hk
　　　　　電郵：marketing@sunya.com.hk
發　　行：香港聯合書刊物流有限公司
　　　　　香港新界大埔汀麗路36號中華商務印刷大廈3字樓
　　　　　電話：(852) 2150 2100
　　　　　傳真：(852) 2407 3062
　　　　　電郵：info@suplogistics.com.hk
印　　刷：中華商務安全印務有限公司
　　　　　香港新界大埔汀麗路36號
版　　次：二〇一五年十一月初版
　　　　　10 9 8 7 6 5 4 3 2 1

ISBN: 978-962-923-418-8
18/F, North Point Industrial Building, 499 King's Road, Hong Kong
Published and printed in Hong Kong